輛郭

愁堂れな

幻冬舎ルチル文庫

CONTENTS 目次

罪な輪郭

カバーデザイン=小菅ひとみ(CoCo.Design)
ブックデザイン=まるか工房

イラスト・陸裕千景子✦

十三回忌

「それじゃ、いってきます」

結局空港まで送ってくれた良平《りょうへい》に手を振り、ゲートへと向かおうとした俺の背に、彼の明るい声が響いた。

「寂しいから、はよ、帰ってきてや」

周囲の人が振り返るほどの大声に、反射的に口からいつもの台詞《せりふ》が出る。

「馬鹿じゃないか」

でも良平が言葉どおりの思いを抱《いだ》いているわけじゃないことは、勿論《もちろん》俺にもわかっていた。

振り返った先、

「だって寂しいんやもん」

と更に大きな声で叫んできた彼の顔に安堵《あんど》の表情が浮かんでいるのがその証《あかし》だ。

「馬鹿言ってないで、早く仕事に戻れよな！」

ありがとう。俺の言いたい言葉は感謝の言葉だった。

そして、もう一つ、

『大丈夫だから』

そう言って良平を安心させてやりたかったが、逆効果だとわかっていたので、敢《あ》えていつもの自分を演じていた。

だがそれもまた良平には気づかれているだろうなと思いながら俺は、

「ごろちゃん冷たいわ」

やはりいつもの自分を演じている良平に向かい、

「ちゃんとメシ、食えよ！」

そう叫ぶと、「それじゃな」と手を振りゲートを入っていった。

荷物検査を終え振り返るとまだ良平は立っていて、俺に向かって笑顔で手を振ってきた。

『早く戻れって』

ちょっと厳しい顔をすると、

『わかってるて』

良平はおどけた表情を浮かべ、そしたらな、と右手を上げてみせてから踵《きびす》を返す。

自分がそこにいたら俺が搭乗口に向かえないだろうと思ったに違いない彼の背中を少しの間見つめていたが、いつまでもこうしているわけにはいかない、と溜《た》め息をつき歩き始めた。

札幌《さっぽろ》行きのＪＡＬの搭乗口を目指す俺の脳裏に、さっき見たばかりの良平のおどけた顔が浮かぶ。

あのおちゃらけた表情の下に潜んでいた心配の影を思い出すだに、何とも申し訳ない気持ちが胸に満ちてくる。

申し訳ないと思うのは、心配させているからだけじゃなく、連れていけないことへの罪悪感でもあった。

良平は俺を彼の家族に、『大切な人』と紹介してくれたのに、とまたも溜め息を漏らす俺の脳裏には、

『そんなん、気にせんかてええよ』

と優しく微笑《ほほえ》む良平の顔が浮かんでいた。


俺、田宮吾郎《たみやごろう》が警視庁捜査一課勤務の警視、高梨《たかなし》良平と付き合い始めてから、早二年が経《た》とうとしている。

サラリーマンの俺と刑事の良平、出会いのきっかけは事件がらみだった。殺人事件の容疑者となっていた俺の無実を信じ、証明してくれたのが事件を担当した良平で、その事件が解決したあと俺たちは付き合うと同時に一緒に暮らし始めた。

ついこの間までは、事件現場でもあった俺の狭いアパートが二人の住居だったが、良平を逆恨みした人間によりアパートが爆破されたため、今は良平の官舎で共に暮らしている。

東京大学卒のキャリア、しかも役職は警視、と、『凄い』としかいいようのない経歴の持ち主である彼は、外見もまたいい意味で『凄《すご》い』。身長は百八十センチ以上、顔は十人すれ違えば十人ともが振り返り、二度見をするほどの男前である。

頭もいい、運動神経も発達している、その上、警視様、しかも口調はソフトな関西弁で、思いやりにあふれる性格は花丸しかつけようがない。女性ばかりじゃなく男性からも好感度二百パーセントを誇る彼が、なぜ、俺のようななんの取り柄もない、しがないサラリーマンを選んでくれたのか。今世紀最大の謎じゃないかと思いつつも、俺にとっては今世紀最大の幸運を素直に受け止め、良平と二人、人からは『未《いま》だに新婚気分』とからかわれるような日々を送っている。

良平は俺との関係を職場でオープンにしており、周囲も温かく受け入れてくれている。だからこそ、家族でもないのに官舎に住むことができているのだが、一方、俺はといえば、職場に二人の関係を知っている人間はいるにはいるが、カミングアウトはできていない。

そういうところも良平にはかなわないと反省し、いつか良平のように――とはいわないまでも、二人のことを周囲にあかそうとは思っているのだが、なかなか難しい。

今回の札幌行きも、できることなら良平を連れていきたかったのだけれど、と溜め息をつきつつ機内に乗り込み、窓側の席に座ると、鞄《かばん》から取り出した封書の中身を開いた。

『田宮和美《かずみ》　十三回忌のご案内』

和美というのは俺の兄だ。今から十二年前、二十歳《はたち》の若さで亡くなった。

　今、俺が札幌行きの飛行機に乗っているのも、兄の十三回忌の法要に出席するためだった。

兄といっても血の繋《つな》がりはない。再婚した両親の、俺は父の連れ子で、兄と、そして弟の俊美《としみ》は母の連れ子だった。

　この案内状だけじゃなく、弟と、そして母からも、出席してほしいという電話が携帯にかかってきた。

　母と弟に引っ越したことは伝えていなかったが、転送の手続きはとっていたので案内状は俺の手元に無事に届いた。

　法要はふつう、一と三、そして七のつく年にやるものだが、兄の法要に出るのは――案内状を受け取ったのは、これが初めてだった。

　それは何も、血の繋がらない兄弟だから、という理由ではない。

　兄が亡くなったときに俺は母から財産の生前分与という形で縁を切られたのだ。理由は、兄の自殺の原因が俺にあると母が思っていたためだった。

　兄と俺とは一つ違いだったが、兄が一浪して迎えた大学受験に、俺だけが受かり、兄は二浪が決まってしまった。

　遺書のようなものはなかったらしいので、実際、それが本当に原因だったのかはわからない。が、普段の様子から、受験ノイローゼだったと思われた兄は、正月休みに帰省した俺と接したことが引き金となり、自ら命を絶ったのではないかという結論が下ったということだった。

兄の葬儀に参列することも許されず、その後も縁を切られた状態が続いていたが、去年、様々な事情が重なり、母と和解することが――母に許してもらうことができた。

母は癌《がん》を患っていたが、早期発見だったために手術後は元気に生活している。四歳年下の弟、俊美も、新しい勤務先で充実した日々を送っているとの報告を受けていた。

一方的に縁を切られたとはいえ、最初から母を恨む気持ちはなかった。なのでこうしてまた『家族』の繋がりが始まったのは、この上なく嬉しいことであったのだけれど、俺には一つ気がかりがあった。

それは――良平のことだ。

母との和解の場面に、実は良平も居合わせたのだが、その際良平は自分のことを俺の『友人』だと紹介した。

友人ではない。恋人だ。そう主張することが、そのときの俺にはできなかった。

良平に、手術前の母を驚かせないほうがいいと言われたためだが、あれから一年が経った今、母の体調も安定しているというし、法要に良平を連れていき、母に改めて彼を紹介したいと考えた。

良平が家族に俺を紹介してくれたように、俺も俺の家族に、良平を大切な人として紹介したかったのだ。

弟は俺と良平の仲を知っており、最初は反発もされたが、既に受け入れてくれてもいる。母も最初は驚くだろうが、良平の人柄に触れればきっと、弟同様、二人の関係を受け入れてくれるに違いない。

そう思った俺は良平に、十三回忌の法要に一緒に来てほしいと頼んだのだが、なぜだか良平は酷《ひど》く否定的だった。

「お母さん、まだ手術して一年しか経ってへんやろ。早い、思うで」

「もう大丈夫だよ」

母の体調を気にしてくれたようだが、それ以外に何か理由がありそうで、どうにも気になり俺は何度も問いかけた。だが彼の返事は、

「別に何もないよ」

というもので、仕事が忙しいという理由もあるから、と断られてしまったのだった。

確かに多忙にしている中、札幌まで来てもらうのは悪い。それでも、と俺はなんとか良平を説得しようとし、その前に人数が増えても大丈夫かを確認すべきだと気づいた。

母に聞くより、事情を知っている弟の俊美に聞こうと電話で連絡をとり、法要の出席者を尋ねると、親戚一同、やってくるという。

『もう十三回忌だし、本当はごくごく内輪で、といってたんだけど、兄さんが出席するって返事くれたから、母さん喜んで、復縁したことを皆に知らせたいって急遽《きゅうきょ》人数を増やしたんだよ』

「……そう、なんだ……」

本人も嬉しげに話す俊美の話を聞いて、親戚が皆、集まる中に良平を連れていくのはやはりやめておいたほうがいいかもしれない、とここで俺はひよってしまったのだった。

結局その後、俺は良平を誘うのをやめた。良平は一度断ったからだろう、彼から法事の話題を振ってくることはなかった。

それでも俺がこうして旅立つ日には俺のことを心配し、勤務時間中だというのに無理矢理都合をつけて空港まで送ってくれた。久しぶりに親戚と顔を合わせることに祭し、俺が緊張しているのではないかと思ってくれたようだ。

それだけじゃなく、多分良平は、通夜にも葬儀にも、そしてこれまで法要にも出ることがなかった俺が、十三回忌に出席することで改めて兄の死に触れることになり、実は少し動揺しているのを見抜いてもいたようだった。

動揺——というより、俺はまだ兄の死をちゃんと受け止め切れていないのかもしれなかった。

去年、兄の位牌《いはい》の前で両手を合わせたし、墓参もしてきたのだけれど、それでもなんとなく、兄が死んだという事実を素直に受け止めることはできなかった。

時間が経ちすぎたのかもしれない。だが、過ぎ去った年月以上に俺を戸惑わせていたのは、兄がなぜ死んだのか、真実がわからなかった、そのことだ。

受験ノイローゼというのが『真実』なのかもしれない。だが、俺が最後に見た兄にそんな様子はかけらほどもなかった。

少し痩《や》せたなという感想は抱いたが、帰省した俺に対し、兄は明るく接してくれていた。東京に戻る日には、空港まで送ってもくれたのだ。まさかその数日後に、自ら命を絶つとは本当に想像すらできなかった。

あのあと俺は、帰郷時に兄と交わした会話の一つ一つを思い起こしたが、やはり自殺するような兆候はまるでないとしか思えなかった。

当時の自分は相当鈍感だったんだろうか、と落ち込んだものの、あとから俊美に、俺がいる間は、兄は普段とはまるで違う元気な様子だったと聞き、少しだけ救われる思いがした。

結局兄はなぜ死んだのか。兄が受験ノイローゼで死ぬとは、どうしても俺には信じられない。

俺が先に大学に合格したことがプレッシャーになった、ということを否定し、罪悪感を払拭《ふっしょく》したいなんて理由からじゃない。

兄は確かに真面目で繊細ではあったし、優しい性格をしてはいたが、決して弱い男ではなかった。

自分が死ねばどれだけ周囲の人間が悲しむかくらいのことは、考える前からわかっている。自分のことよりまず家族のこと、友人のことを考える、その兄が受験の失敗にいくら追いつめられていたとはいえ、残された家族のことを考えないわけがなかった。

何かほかにのっぴきならない事情があったんじゃないか。そう思えて仕方がない。だがそれを確かめる術《すべ》は十二年前に失われてしまっている。

血の繫がらない弟の俺を、兄は本当に思いやり、可愛がってくれていた。

子供の頃、亡くなった実母の墓参に、俺がこっそり一人で行っていることに気づき、気を遣うことはない、今度から一緒にいこう、と優しく言ってくれたのも兄なら、父が亡くなったあと、一人だけ血の繫がらない自分はこのまま家庭内に留《とど》まっていいのだろうかと悩んでいたときに、そんな悲しいことを言うなと泣いてくれたのも兄だった。

家族の、家庭の温かさを与えてくれた兄。兄に俺は与えてもらうばかりで、何もしてあげることができなかった。

今、兄が生きていれば、三十一歳。人あたりもよく優秀な彼はなんの職業についていただろう、と想像してみる。

サラリーマンもしっくりくるし、公務員もありな気がする。

ああ、教師もありだよな——きっと生徒に好かれる人気教師になっていただろうに、といつしか微笑んでいた俺の脳裏にふと、兄の笑顔が浮かんだ。

『吾郎！』

微笑み、名を呼んでくれた兄の顔は、当然ながら亡くなる前の二十歳のままだ。

既に俺より十歳若いその顔は、やはり当然ながら、この先老いることはない。

当たり前すぎるほど当たり前であるのに、そう思った途端、胸に熱いものが込み上げ、両目からはそれこそ、ぶわっという擬音がぴったりな勢いで涙が溢《あふ》れてきてしまった。

いけない、と俯《うつむ》き、涙を堪《こら》えようとしたが、うまく行かず、ぽたぽたと滴が膝《ひざ》に落ちた。

隣の席に座るスーツ姿の若いサラリーマンがぎょっとした顔で俺を見ているのがわかる。

「あ、あの、気分でも悪いんですか？」

恥ずかしいなと顔を背けていたが、よほど驚いたのか、それとも性格がいいのか、そのサラリーマンが声をかけてくれた。

「あ、大丈夫です」

悪いと思いつつ顔を背けたまま答えると、すっと白いハンカチが差し出される。

「これ、どうぞ。あ、返してくれなくていいんで」

「え」

思いもかけないことをされ、驚いて顔を上げてしまった。ハンカチを差し出してくれたサラリーマンは、見たところ新入社員か二年目くらいの本当に若い男で、俺と目が合うと顔を真っ赤にし、ハンカチを押しつけてきた。

「つ、使ってください」

「大丈夫です。ハンカチ、持ってますので」

十歳近く年下の、しかも見も知らない人に気を遣われてしまった。申し訳ないなと思い、俺は「でもありがとうございます」と礼を言いながらハンカチを返そうとしたが、

「ほんっとに、いいんでっ」

と、押し切られてしまった。

「……ありがとうございます……」

赤い顔をした彼に礼を言い、せっかくだから、と借りたハンカチで涙を拭《ぬぐ》う。

「……あの……」

と、ここでサラリーマンが話しかけてきた。

「はい？」

「何かあったんですか？　どなたか亡くなったとか……」

おずおずと聞いてきた彼は、俺が答えようとしたのと同時に、

「あ、言いたくなかったらぜんぜん、無視してくれてかまわないんでっ」

と言葉を続けた。

「兄の十三回忌なんです。昔のことを思い出してしまって」

いい子なんだなとわかるだけに、答えないのも悪いか、と思い正直に告げると、サラリーマンは、

「すみませんでした」

と神妙な顔で頭を下げ、ぼそり、と呟《つぶや》いた。

「身内の不幸は、何年経ってもこたえますよね」

「あなたもどなたか亡くされてるんですか？」

実感がこもっていたので尋ねると、サラリーマンは、

「ええ、まあ……」

と言葉を濁したので、詮索《せんさく》はよくないかと会話を打ち切ることにした。

「これ、ありがとうございました」

「いえ」

サラリーマンは酷く赤い顔をしたまま会釈をすると、鞄から書類を取り出し眺めはじめた。

本当に返さなくていいのかとハンカチを見下ろしたものの、洗濯をして返すので連絡先を教えてほしい、というのも『返さなくていい』と言われているのにかえって迷惑な気もするし、と、傍らの彼をこっそり見やる。

会話の打ち切り方もなんとなく、これ以上はあまりかかわり合いになりたくないような感じだったし、ここはお言葉に甘えておくか、と俺は自分にとって都合のいい結論を導き出す

と、招待状と共にハンカチをしまい、少し寝よう、と目を閉じた。

閉じた瞼《まぶた》の裏、兄の笑顔の向こうにもう一人、懐かしくてたまらない男の顔が浮かぶ。

兄が亡くなったという連絡を俺に入れてくれたのは弟の俊美だった。

とるものもとりあえずアパートを飛び出したので、誰にも行き先を知らせることはできなかった。

ちょうど出がけに大家さんに会ったので、実家で不幸があったためしばらく留守をすると伝えただけで、友人の誰にも連絡をとらなかった。

向かった自宅で俺は、兄の遺体と対面を許されず、通夜や葬儀への参列も拒絶された。

それでも兄を見送ろうと、高校時代の友人の家に世話になり、物陰からこっそり兄を見送った。

悲しくて、悔しくて——でも、息子を亡くした母の悲しみもわかるだけに、自分の悲しみも怒りもぶつけるところがなくて、感情的にいっぱいいっぱいになって東京に戻ってきた。

アパートに到着したときには日が落ちており、誰もいない真っ暗な自分の部屋にはとても帰る気になれず街をうろついた。

酒を飲み、通りすがりの学生と喧嘩《けんか》をし——ぼろぼろになってもまだ、家に帰ることができず、自然と足が向かった先は——。

『お前、何やってんだよ！』

当時の友人の——親友のアパートだった。

その日は東京にしては珍しいほどの大雪で、夜中には北国出身の俺でも凍えるほど寒くなった。

このまま凍死しちゃうんじゃないかという思いがちらと頭を過《よぎ》ったが、それならそれでいいか、と考えるくらい、そのときの俺は自棄《やけ》になっていた。

いつもとはあきらかに様子が違っただろうに——それにとても人の家を訪問するような時間じゃなかったというのに、親友は何も聞かず、ただ冷え切った俺の身体《からだ》を温めるために風呂を沸かしてくれたり、ストーブに当たらせてくれたり、温かな飲み物を用意してくれたりした。

あのときは本当に救われた——幻の親友の笑顔がまた、俺の胸に熱い思いを呼び起こす。

再び鞄を開け、ハンカチを取り出したのは、涙が零《こぼ》れてしまいそうだからだった。目に押し当て込み上げる嗚咽《おえつ》を飲み下す。

『田宮!』

閉ざされた視界の中、再び浮かび上がった幻の彼が——親友の里見《さとみ》が、俺に向かって手を振っていた。

なんでも受け止めてやる。なんでも受け止めてくれ。

それが親友ってもんだろう?

互いに口に出したことはない。だが想いは同じだと思っていた。

まさか彼が俺に対し、友情以外の気持ちを抱いていようとは、考えたこともなかった。

それでも二人の間には『友情』が――何にも代えがたい固い友情の絆《きずな》が確かに結ばれていた。

俺はそう信じている。幻の里見に向かい、そうだよな、と問いかける。

『当たり前だろう』

里見が笑って答えてくれた。それがいかに自分にとって都合のいい思い込みかということは勿論わかっていたけれど、そんな思い込みも友情に厚い里見はきっと許してくれているに違いない。

涙は止めどなく流れ、借り物のハンカチを濡《ぬ》らしていった。嗚咽の声をなんとか堪えようとしたが、少しは漏れてしまっていたと思う。

泣き虫な男だと、若いサラリーマンは呆《あき》れているだろうが、飛行機から降りたらもう泣くまいと俺は心に決めていた。

理由も知らせず死んでいった兄と、理由を明かして死んでいった親友。

どちらも俺にとってはかけがえのない人だった。できることなら生きていて、今も尚《なお》俺のかけがえのない人たちでいてほしかった。

兄が生きていたら、話したいことがたくさんある。

それは里見も同じだ。職場の愚痴や、学生時代の思い出話をあれこれと何時間も語り合いたい。

兄は優しく微笑みながら、俺の話を聞いてくれるだろう。

里見は時に茶々を入れたり、意見したりもしてくれながら、最後は「まあしゃあない」と綺麗《きれい》に話をまとめてくれるに違いない。

かなわぬ夢とはわかりながらも、三十一歳の兄と、三十歳の里見、二人が今、目の前に現れてくれたらいいのにと願わずにはいられなかった。

二十歳のまま時が止まってしまった兄と、二十九歳から歳《とし》を取らない里見。俺はどんどん歳をとるのに、二人はいつまでもその年齢のままでいる。

それがなんともいえず切なくて、俺は両目をハンカチで覆う手にぐっと力を込めて涙を堪え、唇を噛《か》みしめて嗚咽の声を必死で喉《のど》の奥へと飲み下そうとし続けた。

三十分ばかり泣いていただろうか。そのあとは昨夜の疲れもあり、自然と眠っていた俺は、間もなく着陸というアナウンスが聞こえてきたことで目を覚ました。

椅子のリクライニングを戻そうとしたとき、ちょうど隣のサラリーマンと目が合ってしま

い、なんとなく二人して会釈をし合ったのだが、そのとき彼に、

「大丈夫ですか」

と問われたのは多分、こんないい歳をしているのに随分長い間泣いていたからに違いない。

「……恥ずかしいところをお見せしてしまって……」

照れくささはあったが、一応詫《わ》びたあと、そういやハンカチを貰《もら》ってしまったのだと思い出した。

「ハンカチも、ありがとうございました」

「いえ、気にしないでください」

サラリーマンはなぜか眩《まぶ》しげな顔で微笑んだあと、

「あの」

と改めて言葉をかけてきた。

「はい？」

「……気に障ったらすみません。そんなに悲しんでもらえるなんて、亡くなった方も幸せだなと……そう思いまして……その……」

ここでサラリーマンは言葉に詰まった。彼の顔に、みるみるうちに、言わなきゃよかった、というような後悔の念が浮かんでくる。

きっと彼は俺を慰めようとしてくれたんだろうなとわかるだけに、後悔することなどない

と言いたくて、

「ありがとうございます」

と俺はサラリーマンに頭を下げ、礼を言った。

「そう言ってもらえて、嬉しいです」

彼は俺が、世辞でも言っているのだと思ったようで、

「無理、することないですよ」

と申し訳なさそうな顔をする。

「無理じゃないですよ。亡くなった兄の気持ちはわかりませんから、あなたから『嬉しい』と言ってもらえて、救われたというか……」

「…………そう、ですか」

俺の言葉になぜか彼は、少し呆然《ぼうぜん》とした顔になった。

「あの……？」

今度は俺のほうが、彼を怒らせたのかなと気にして問いかけると、彼は未だ呆然とした表情のまま、ぽつりと、

「亡くなって悲しまれない人はいない……んですよね」

そう呟いたきり、沈黙してしまった。

その後、飛行機は着陸したが、隣の席のサラリーマンは俺が荷物を棚から下ろしている間

に、

「すみません、ちょっと急ぎますんで」

と周囲に声をかけ、通路の人を押しのけるようにして出口へと向かっていった。

「？」

最後にハンカチのお礼を言いたかったのだけれど、と思いながら彼の背中を見送っていると、ドアが開くのを先頭で待っていた彼が俺のほうを振り返り、深く頭を下げて寄越した。

「？？」

礼を言うのはこっちなんだけど、と声をかけようとしたと同時にドアが開き、サラリーマンは慌てた様子で出ていってしまった。

それほど急いでいるようには見えなかったが、何か急用でもできたんだろうか。そう思いはしたものの、飛行機を降りたときにはサラリーマンのことは記憶の隅に追いやられていた。

「あ！　兄さん！」

ゲートに俊美が迎えにきてくれていたからだ。

「荷物はこれだけ？　それ、喪服でしょ。持つよ」

地元の企業に再就職した俊美は元気そうだった。いいよ、と言うのに俺の荷物を持ち、駐車場へと向かっていく。

今の職場は、エアコンの部品を製造している機械メーカーで、工場勤務の彼は忙しい日々を過ごしているとのことだった。

「休み、とらせちゃってごめんね。でも、前の日から来てくれるなんて、母さん、凄く喜んでたよ」

俊美は自分の母と俺の和解を本当に喜んでいた。二人の板挟みになってきた彼にとっても、和解は嬉しいことなのだろうとわかるだけに、なんだか申し訳なく思いながら俺は、

「ぜんぜん。普通に休めたから、心配すんなって」

と、必要以上に明るく笑ってみせた。

「そういや……さ、高梨警視、元気？」

ここで俊美がさりげなさを装い、問いかけてきた。

「え？」

唐突な問いだったため一瞬戸惑ったものの、俊美も良平に世話になったし、現況は聞きたいのかもとすぐに察して、答えを返す。

「元気だよ。お前にもよろしくって言ってた」

これは嘘ではなかった。良平は以前、ある事件に巻き込まれ、結果として職をも失うことになった俊美のことを気にかけてくれており、再就職の連絡があったときには俺以上にほっとしていた。

帰郷を伝えた際にも、術後の母のことも気にしてくれたが、俊美のこともずいぶんと気に

かけていた。それを正直に告げると俊美は、

「あのときは兄さんにも心配かけたね」

そう言い、ぺこ、と頭を下げた。

「結果オーライだよ。お前も無事だったし、俺も母さんと和解できたし」

逆に感謝している――その思いは正真正銘、俺の気持ちだった。

もう一生、母と顔を合わせる機会はないと諦《あきら》めていた。それがこうして兄の法事に招いてくれるまでになったのだ。

そればかりか、親戚一同にも声をかけてくれているという。

兄の――血の繋がった自分の息子の自殺の原因が俺にあると思っている母が、顔を見たくないと俺を厭《いと》うのは当然だ。厭うなんて生やさしい感情ではなく、憎悪を覚えていたと、兄の遺体に縋《すが》る母の顔は物語っていた。

悲しみは時間がある程度和らげてくれるものだけれど、憎しみという感情はなかなか消え去らないものなんじゃないかと思う。

俺自身、誰かを憎んだ経験はないけれど、といつしかそんなことをぼんやり考えていたため、俊美が涙ぐんでいることに気づくのが遅れてしまった。

「ほんとに……こんな日がまた来るなんて嬉しいよ。それもこれも全部、兄さんが母さんを許してくれたからだ」

「許すも許さないも……俺こそ、母さんに許してもらえて嬉しいと思ってるんだし」

泣くなよ、と慌てて目をこする弟に駆け寄り背を叩く。

「泣いてないよ」

「嘘だ。泣いてた」

「泣いてないって」

こんなふうに俊美とじゃれ合うのも本当に久しぶりだった。

過ぎ去った時間を取り戻すことはできないが、その時間の向こうにある気持ちや行為を取り戻せる。

でもそれができるのは生きているからで——そう思う俺の脳裏に兄と、そして里見の笑顔が浮かんだ。

自ら死を選んだ二人に今俺が言いたいことはただ一つ。

生きてさえいれば、いくらでもやり直しはできたのだ——その言葉のみだった。

胸に熱いものが込み上げてきて、俺まで泣きそうになってしまう。いけない。泣くのはもう、機内のみと決めたじゃないか、と俺は自身を律すると、

「母さん待ってるし、さあ、早く家に帰ろう」

と相変わらず目をこすっていた俊美にことさら明るく声をかけ、彼の背を叩いて車へと向かわせたのだった。

「……あの……兄さん、気を悪くしないでほしいんだけど」

間もなく家に到着するという頃になり、それまで勤務先の先輩社員が変わり者だという話をおもしろおかしくしてくれていた俊美が、酷く思い詰めた顔になりおずおずと切り出してきた。

「なに？」

気を悪くする件につき、心当たりは一つもない。何を言う気かなと運転席の俊美の顔を覗《のぞ》き込むと、俊美は少し言葉を選ぶようにして黙ったあと、やにわに口を開いた。

「……あの、高梨さんと兄さんが、その……恋人同士だっていうことは、母さんには当分内緒にしてほしいんだ」

「え？」

思いもかけないことを言われ、俺は自分でも大きいなと思うような声を上げてしまった。

「……ごめん……」

俊美は何かを言おうとしたが、結局謝罪の言葉だけを告げ項垂《うなだ》れる。

「……どうして？」

そう問わずにはいられなかったのは、俊美の表情があきらかに強張っていたためだった。

「どうしてって……」

俺の横で俊美がますます思い詰めたような顔になっていく。

「……言いたくないなら……」

言わなくてもいい。そうフォローせずにはいられないくらいに、俊美の顔色は悪かった。が、俺が喋《しゃべ》り終えるより前に彼が口を開いていた。

「……母さん、ゲイとか、好きじゃないんだ……」

「……そう……か」

言いづらそうに告げた俊美の言葉に俺は正直、打ちのめされていた。

「……ごめん……」

力なく相槌《あいづち》を打つと、俊美が小さく詫びてくる。

「お前が謝ることじゃないよ」

それに当然ながら母が謝ることでもない。自分がゲイだという認識には今一つ欠けるのだが——同性全般が好きというよりは、高梨良平という人間を好きなだけだからなのだが、良平が『同性』であるのは間違いないので『ゲイ』でないとは言い切れない。

昔よりはずいぶんと市民権を得てはいるが、一般的にゲイに対する風当たりは相変わらず厳しいと言わざるを得ない。

現に、今は良平の話題を自ら振ってくれているとはいえ、俊美もまた俺と良平の関係を知った直後は取り乱し、許せない、と捨て台詞もぶつけられた。

それを恨んでいるわけではなく、そういった反応はあって当然だと俺は思っていた。なので、気にすることはない、と言いたかったのだが、俊美の申し訳なさそうな顔を見た瞬間、もしかして、という閃《ひらめ》きが走った。

「……あのさ、もしかして母さんがゲイ嫌いだってこと、良平に……高梨さんにも話した？」

「えっ」

答えは聞かずとも、俊美の動揺ぶりを見ればわかった。

「……そうか……」

だからか――思わず呟いた俺の耳に、俊美の掠《かす》れた声が響く。

「……ごめん……兄さん……」

「俺こそごめん。別にお前を責めてるわけじゃないんだ。ただ……」

ただ――良平があああも頑《かたく》なに『来ない』といった理由が今、わかっただけだった。

「『ただ』？」

不意に黙り込んだ俺を訝《いぶか》り、俊美が問いかけてくる。

「なんでもない。ああ、もう着くな」

わざとらしく話題を打ち切る俺の胸には、良平に対する申し訳なさがこれでもかというほど渦巻いていた。

良平は気を遣ってくれたのだ。せっかく和解した俺と母親の関係が、恋人である自分の存在でまたぎくしゃくしないように案じ、それで同行を断ったのだろう。

ごめん。目を閉じ、瞼の裏に浮かぶ良平の笑顔に心から詫びる。

俺はなんにもわかっちゃいなかった。母がゲイを嫌っていることも、それゆえの良平の気遣いも。

良平はあの広い胸ですべてを受け止め、俺が傷つかないよう口を閉ざしてくれていたのだ。

気を遣わせてごめん。自分が忙しいせいにさせてごめん。大丈夫だったのに。そう言えるのも今だからで、もし良平の口から、俺の母親がゲイを嫌っているから自分はついていかないのだと真実を明かされていたとしたら、どれほど衝撃を受けただろうと軽く想像できた。

本当に申し訳なかった。帰京したらすぐ、謝らねば――そしてお礼を言わねばと俺は幻の良平に心の中で両手を合わせ、彼の温かすぎる気遣いに涙ぐみそうになるのを必死で堪えていた。

母は俺の帰郷を本当に喜んでくれていた。兄の法事の際、出席してくれた親戚のおじさん

おばさんに俺を引き合わせ、そのたびに、

「私が酷いことをしたのにこの子はそれを恨むでもなく」

と泣かれるのにはちょっと参ったが、それでも母はとても嬉しそうに見え、母が幸せなら
まあいいか、と俺は母や俊美と共に、親戚一同が会した法要後に設けられた席で、明るく談笑する皆の姿を眺めていた。

十三回忌——十二年も経つからだろう。法事の際、母の目に涙が滲《にじ》むことはなかった。

母の悲しみも時が確実に癒してくれている。それがわかっただけでも来た甲斐《かい》があった。

それが紛《まが》う方なき俺の本心だった。

唯一困ったのは、酔っぱらった叔父《おじ》たちに、いい歳なんだから結婚しろと詰め寄られたときだ。

「相手がいないのか？」

「なんなら紹介するよ。なに、今は就職難だから若い子だってよりどりみどりだよ」

酔っ払いの叔父たちは、女性に対し失礼としか言いようのないことを口にし、あはは、と明るく笑っている。

酔った上での戯《ざ》れ言《ごと》なので彼らの言葉は軽く流せたが、少しも酔っぱらってはいない母が、

「付き合っている子はいないの？」

と聞いてきたときにはさすがに言葉に詰まってしまった。

「もちろん私が口を出すようなことじゃないわね。それより……」

俺の沈黙を『話したくない』という主張にとったらしく、母が微笑みながらそう告げ、話題を変えようとする。

正直、気にしてもらえて嬉しい。だが、今はまだそのときではない。なので俺は母が話題を変えるより前に、

「今は、付き合ってる女の子はいないよ」

と笑顔で答えた。

「……そう……なの」

母が虚を衝かれた顔になりつつも頷《うなず》いてみせる。

「うん。もし紹介できるようなことにでもなったら、すぐに連れてくるから」

できることなら今すぐにでも連れてきたい。母がゲイ嫌いだとしても、良平の人となりを知ればきっと彼を好きになる。

だから何か、きっかけがほしい。そのきっかけを俺は絶対見逃さず、良平と母を対面させてみせる。

固い決意を胸にきっぱりと頷いた俺を、母は唖然《あぜん》とした表情で見ていたが、やがて、にっこりと微笑んだ。

「楽しみにしているわ」

「俺も」

目を閉じると浮かんでくる。良平と母が談笑している姿が。

きっと遠くない将来、この想像は現実になる。その確信が俺の胸には溢れていた。

法事が終わり、その夜は実家に泊まって翌日に帰途についた。

母は俊美と一緒に空港まで俺を送ってくれただけでなく、手作りのおかずやら浴衣《ゆかた》やら、これでもかというほど持たせてくれた。

「お盆やお正月だけじゃなく、いつでも帰ってきてね」

わざわざそう言ってくれたということは、盆正月以外にも帰ってきてもいいということだろう。

「わかった。休みがとれたら戻るよ」

きっと母はずっと会えずにいた歳月を埋めたいと思っているんじゃないかと思う。それがわかるだけに俺は、言葉だけじゃなく行動に移そうと心に決めつつそう言うと、

「元気でね」

と手を振ってくれた俊美と、なぜか泣きそうな顔をしている母に手を振り返し、搭乗手続きに向かったのだった。

帰りの便はほぼ満席で、俺の隣には出張帰りらしい若いサラリーマンが座った。

ふと、往路でハンカチを貸してくれた若者の顔を思い出す。

彼に借りたハンカチは俺の鞄の中に入っていた。返す機会はおそらくないだろう。なんだか申し訳なかったな、と思うと同時に、ああも大泣きしているところを見られたのは恥ずかしかったなと今更頬《ほお》を赤らめる。

もしかしたら彼もまた、近しい人を亡くしたばかりだったのかもしれない。

離陸の機内アナウンスを聞く俺の頭にふとそんな考えが浮かぶ。

だからこそ特別に親切にしてくれたのかもしれないな、と俺は勝手に納得すると、彼の悲しみもまた、一日も早く癒えるといいと心から願ったのだった。

「ごろちゃん！」

「良平？　なんで？」

羽田に到着し、ゲートをくぐったその場所に俺は良平の姿を認め、思わず大きな声を上げてしまった。

「おかえり」

「なんで？　出迎えなんていらないって言ったじゃないか」

そうなのだ。良平を煩わせたくなくて、敢えて便名は知らせずにおいた。それなのになぜ、と問いかけると良平は、えへへ、と笑い頭をかいてみせた。

「俊美君に聞いたんよ。一刻も早《はよ》う知らせたいことがあったさかい」

「知らせたいこと？　なに？」

見当がつかない、と問い返すと良平は俺の手から旅行バッグと母が持たせてくれた紙袋を取り上げ、駐車場へと続く通路を歩き始めた。

「車に乗ってから説明するわ。人に聞かれるといろいろマズいさかい」

「マズい？」

人目——人耳、か——を気にするような内容だとすると、ますます心当たりがない。いったい何を良平は話そうとしているのか、さっぱりわからないながらも俺は良平のあとに続き、どうやら覆面パトカーと思《おぼ》しき車へとたどり着いた。

「かんにん。ごろちゃん送ったら戻らなあかんねん」

「……そんな忙しいのなら、迎えになんて来なくてもよかったのに」

口を尖《とが》らせた俺に、

「せやかて」

と良平が更に口を尖らせる。

「教えたかったんやもん。ごろちゃんのお手柄を」

「お手柄？　俺の？」

何もしていないけれど、と首を傾《かし》げる俺を助手席へと乗せ、良平は車を発進させた。

「ごろちゃん、覚えてるかな？　行きの飛行機で若いサラリーマンと隣り合わせたこと」

「ああ、覚えてるけど……？」

泣いているところを見られただけではなく、ハンカチまで貰ってしまった相手を忘れるわけがない。

だがそれが事件と結びつくとは思えないんだけど、と見やった先、良平が、

「実はな」

と話を始めた。

「彼、自首してきてん」

「自首？？」

わけがわからない。あの若者が何か犯罪に関与していたのか、と良平に問い返すと彼は実にわかりやすく状況を説明してくれた。

「彼な、東京で人を殺してから姿隠すために札幌に飛んだんやて。彼が手にかけたんは、来月から共に脱サラして新しい会社を立ち上げる予定だった大学時代からの友達やった。金を引き出せるだけ引き出されて、会社も辞めたというのに、やっぱり起業は無理やと思うと手のひらを返されたんやて」

「酷い話だな……」

就職難の今、会社を辞めるのにどれだけの決意がいるか。それがわかるだけに俺は一度会っただけではあるものの、若いサラリーマンの顔を思い起こし、気の毒に、と溜め息をついたあとで、

「あれ？」

なぜそのサラリーマンが自分の隣に座っていたあの男だとわかったのか、と当然の疑問を覚え良平を見た。

「なんで？　俺、あの人に名乗ってないよ？」

それに自首と自分がどうかかわっているのかまったくわからない。首を傾げた俺に良平は、ふふ、とくすぐったそうに笑うと、

「怒らんと聞いてや」

と前置きし、話を続けた。

「自首してきた彼な、札幌に逃げよう思うて乗った飛行機の隣の席で、男の人がずっと泣いとったのが気になって仕方なかったんやて」

「…………」

泣いていたことが良平にばれていた。恥ずかしい、と赤面し俯いた俺の耳に良平の声が響く。

「乗り合わせたときから、綺麗な人やな、とつい注目しとったんで、いきなり泣き出したと

きにはびっくりしたらしいわ」

「うそばっかり」

『綺麗』は絶対良平の創作だ。ただでさえ泣いていたなんて恥ずかしいことがバレてるのに、これ以上からかうなよ、と良平を睨《にら》むと、

「ほんまなんやけど」

と良平は苦笑しつつ再び口を開いた。

「本来やったら目立つ行動は避けたかったんやけど、あまりに綺麗で、あまりに悲しそうやったからつい、ハンカチを渡した、言うとったわ」

「だから」

『綺麗』はいいって、と口を挟んだ俺の言葉に良平の言葉が重なる。

「なんで泣いてはるんか、つい聞いてもうたら、お兄さんの十三回忌やからと教えてくれたんやて」

「…………あ…………」

そう告げたときの光景が頭の中で蘇《よみがえ》り、俺は思わず小さく声を漏らしていた。

「そのあともずっとその人は泣いとって、それを見た彼は、身内を亡くした人の悲しみはこうも長く、こうも深いものかと感じ入った、言うとったわ。自分が手にかけた友人にも、妹や弟がおることを思い出してな。そん子らや、それこそ両親はさぞ悲しむやろう、思うたら、

とんでもないことをしてもうたと猛省し、それで空港着いてすぐ警察に連絡してきたんや。ゴルフクラブで殴り倒したんやけど、もしかしたらまだ息があるかもしれん。すぐ救急車を呼んでほしい、てな。幸い、被害者は命をとりとめたんやけど、そっちも猛省しとるそうや。被害届は出さへん、金はなんとしてでも返す。そう言うとるんやて」

「そうか……よかったよな」

うん、と大きく頷いたものの、

「でも」

とやはり納得できずに首を傾げる。

「なに？」

「なんで良平はその……ええと、泣いてた男が俺って断定できたんだよ。あ、便名？」

『兄の十三回忌』に出席するために北海道に向かうという人間は、あの機内に限ればそうそういないだろう。しかし他にもいた可能性はゼロじゃないと思うんだけど、と良平を見ると、

「そこにごろちゃんの『綺麗』が関係してくるんや」

良平はそう言い、ぱち、とウインクしてみせた。

「馬鹿じゃないか？」

綺麗じゃないって、と口を尖らせた俺の横で、良平が演技ではなくむっとした声を出す。

「ほんまやて。その自首した彼な、ごろちゃんがあまりにも綺麗やったから、つい、手に持

っていた手紙の文面を読んでもうたんやて。読んだだけやなく、記憶に焼き付けとったんやけどな」

「……え……？」

確かにあのとき俺は手紙を手に持っていた。まだ鞄に入っている、とごそごそバッグを探る。

「『田宮和美　十三回忌のご案内』――そう書いてあったて、はっきり言うとったわ。ごろちゃんのこと、二十歳そこそこや、思うたそうで、お兄さんとは歳がはなれとったんか、それともお兄さんは子供の頃亡くなったんかと、あれこれ想像したて喋っとったわ」

もちろん、知らん顔しとったけど、と良平が笑い、俺を見返す。

「……俺、か」

兄の名前まで覚えていたとなると、確かに俺以外にあり得ない。

それにしても――と俺は、呆然とした顔でぽつりと呟いた若いサラリーマンの言葉を思い出していた。

『亡くなって悲しまれない人はいない……んですよね』

もしも自分の涙が――恥ずかしくはあるが、大泣きしてしまったあのことが、彼の罪悪感を呼び起こし、それで尊い命が救われたのだとすると嬉しいと思うと同時に、俺の胸には、その尊い命を守ってくれたのは兄の和美と、そして親友の里見に違いないという確信が生まれていた。

兄さん。里見。兄さんが、里見が、一人の命を救っただけじゃなく、人一人、犯罪者になることを阻止したんだよ。

亡くなって尚、そんなことができるのはさすが兄さん、さすが里見だ。

誇らしいよ——心の中で呟くうちに、目に熱いものが込み上げてくる。

「ほんま、誇らしかったわ」

黙り込み、俯いた俺の頭に良平の手が伸び、ぽんぽんと軽く叩いてくれる。

「……俺じゃないよ」

くぐもった声で告げた言葉は涙に震えてしまっていたのに、良平は聞こえないふりをしてくれた。

涙を見られたくなくて俯いたままでいることにも彼は何も触れず、ただ、

「まさに日本一の刑事の嫁やね」

あまりにも優しい声でそう言うと、同じくらい優しい指で俺の髪をくしゃくしゃとかきまぜてくれたのだった。

愛あればこそ

「雅己《まさみ》、君が観たいといっていた映画、シネコンのチケットを予約したんだ。これから行かないか？」

「行かない。どうせ映画館、貸し切ったんだろ」

すぐ傍《そば》で、映画か小説の内容としか思えない、浮き世離れしたもの凄《すご》い会話がかわされているのを、田宮吾郎《たみやごろう》はやれやれ、と肩を竦《すく》めつつ聞いていた。

「行こう。どうしてもというのなら、吾郎を誘ってもいいから」

しかし、かかわりを持たせられるのは勘弁、とここで口を挟むことにする。

「アラン、人を巻き込むのはやめるように」

「田宮さん、自分だけ回避すればいいってもんじゃないでしょう！」

途端に悲惨な声を上げ、富岡《とみおか》雅己が縋《すが》りついてきたのを田宮が「うるさい」と邪険に振り払う。

「田宮さぁん」

富岡がますます悲愴感溢《あふ》れる顔になったその横には、彼をして『今世紀一番の悩み』と言わしめる、同僚でありかつ富岡に絶賛片思い中と公言してはばからない男が——アラン・セネットという二十五歳の金髪碧眼《へきがん》の美丈夫が立っており、忌々《いまいま》しげに田宮を睨《にら》んでいた。

「どうして雅己はそうもひどい扱いをされているのに吾郎のほうを好むんだい？」

「本人に聞け、本人に」

まったくもう、と溜《た》め息をつき田宮が天を仰いだのは、この状態がもうひと月以上続いているためだった。

アランは田宮と富岡が勤める会社の海外法人のナショナルスタッフなのだが、今般本社への業務留学生として派遣され、田宮が面倒を見ることになった。

海外法人からの留学制度は今までなく、アランが第一号であったのだが、実はその制度自体、アランがある目的によって作ったものだったということが後ほどわかった。

制度どころか、海外法人に入社したのもその『目的』のためだったのだが、そのようなことができたのも彼が米国内で百以上ものグループ企業をもつ財閥の御曹司であるからで、それゆえ今もシネコンを貸し切るなどという金のかかることを軽くしてのけようとしていたのだ。

その彼の『目的』というのが——と田宮は自分の傍《かたわ》らで心底迷惑そうに溜め息を漏らしている富岡を見やり、やれやれ、と彼もまた溜め息を漏らした。

「雅己、どうして君は僕の誘いを受けない？」

田宮の言葉どおり、アランが『本人』である富岡に詰め寄り、富岡が田宮を盾にする。

「おい」

「映画館なんて恐ろしい場所に行くわけないだろ」

田宮の背後でそう告げた富岡の顔は青く、彼が本気で『恐ろしい』と思っていることを物語っていた。

「これから観に行くのはホラーじゃないよ。君が観たかった恋愛ものだ」

「別に恋愛ものなんて観たくないし」

「Twitterで呟《つぶや》いていたじゃないか。『ごろちゃん』と観に行きたいって」

「……だから俺を巻き込むのはよせって」

ここでまた田宮が口を挟んだのは、すっかり周囲の注目を集めている事実に気づいたからだった。

終業後とはいえまだフロアに社員たちはほとんど残っている。この手のやりとりはもはや日常茶飯事となっているために、男同士で、とぎょっとする人間はもういないものの、アランのバックグラウンドが知れた今、好奇心から今後の展開を見守っている雰囲気がバシバシ伝わってきて、田宮は毎度うんざりしてしまうのだった。

というのもこのアラン、Facebookで公開していた富岡のプロフィール写真に一目惚《ひとめぼ》れした結果、彼と恋人同士になることを『目的』に相当な無茶をし来日したのだが、富岡の気を引くために当初は田宮に気があるような素振りをし続けていた。

彼の作戦はまんまとあたり、富岡はアランを特別視するようになったのだが、そのおかげで田宮までもが『男同士の三角関係』という観点から全社員の注目を集めることとなってしまった。

本当に勘弁してほしい、と田宮はアランと富岡、二人を等分に睨み、怒声を張り上げる。

「アラン、仕事が終わったんなら一人ででも二人ででも映画に行ってくれ。富岡、俺のことはもうTwitterで呟くな。それからっ」

ここで田宮はすう、と息を吸い込み、更に厳しい声で二人を怒鳴りつけた。

「俺は仕事をしたいんだっ！　二人ともとっとと帰れっ」

「ちょっと待ってください、田宮さん。僕だって仕事がありますから」

富岡が慌てた様子で席へと戻り、わざとらしいくらいの熱心さでパソコンの画面を目で追い始める。

「雅己、忙しいなら手伝おうか？」

「結構」

アランが声をかけるのにも冷たく応対し、これでいいでしょう、といわんばかりに田宮へと視線を送ってくる。

「…………」

ここで反応すれば、またアランが絡んでくるだろうし、だが無視をしていればアランは富岡を誘い続けるだろうし、どうしたらいいんだ、と田宮はほとほと困り果て、はあ、と周囲の人が振り返るほどの深い溜め息を漏らしてしまったのだった。

「本当に勘弁してほしいですよ」

結局、今夜は富岡と田宮の粘り勝ちとなった。映画の最終回の上映時間が終わる頃になってもわき目もふらずに仕事をし続けた富岡を前にしてはアランも行こうと誘うことはできなかったようで、やれやれ、というように肩を竦め一人帰っていったのだった。

その後間もなく終電が出るという時間まで富岡も、そして田宮も仕事を続け、いよいよやばいという時刻になり二人して地下鉄の駅へと向かう間、富岡はずっと愚痴をこぼし続けていた。

「お前も悪いよ。Twitterで変なこと呟いたんだろ？」

「あれもアピールのつもりだったんですよね。僕が一緒に映画に行きたいのはお前じゃなくて田宮さんなんだっていう」

諫《いさ》める田宮に富岡はそう告げると、甘えの滲《にじ》む視線を向けてきた。

「だから俺を巻き込むなって」

「悪いとは思ってますよ。でも僕が好きなのは田宮さんなんですもん」

「『もん』ってなんだよ。かわいこぶって」

「ぶってるんじゃなくて可愛いんです」

「馬鹿じゃないか」

恒例となった田宮の台詞《せりふ》が出たそのとき、

「本当に二人、息がぴったりだよね」

背後から聞き覚えがありすぎる声が響いたのに、田宮も、そして富岡もぎょっとし、慌てて振り返った。

「あ、アラン……っ」

「なんで？　帰ったんじゃなかったのかよっ」

その場に現れるはずのない男の名を告げた田宮と、怯《おび》えを感じさせる声を上げた富岡を代わる代わるに見やり、にっこり、と微笑《ほほえ》んだアランが二人の間を割るようにして足を進め、そのまま二人の肩をがっちりと摑《つか》む。

「終電はさぞ混雑しているんだろう？　僕が二人を送るよ」

「いや、いいから」

「結構！　僕はこれから田宮さんちに行く約束があるんでっ」

「え」

胸を張る富岡に田宮がぎょっとした声を上げる。

「吾郎は知らないみたいだけれど？」

アランがまたにっこり、と華麗に微笑み顔を寄せるその胸を、

「よせっ」

と富岡は押しやると、唖然《あぜん》としている田宮の腕を引き、タクシー乗り場に向かって駆け出した。

「おいっ」

「タクシー代、僕がもつんでっ」

言い捨て、空車のタクシーに自ら乗り込んだあとに田宮を引きずり込む。

「すみません、九段下」

運転手に行き先を告げると富岡は、やれやれ、と溜め息を漏らしながら後ろを振り返った。田宮も振り返り、リアウインドの向こう、立ち尽くすアランの姿を認め、彼もまたやれやれ、と溜め息を漏らす。

「毎晩すみません」

その溜め息の音にかぶせ、富岡の謝罪の言葉が車内に響いた。

「……まあ、お前も被害者みたいなもんだし……」

項垂《うなだ》れる富岡はこのひと月ですっかり憔悴《しょうすい》しきっている。強烈すぎるほど強烈なアプロ

ーチをしかけてくるだけでなく、アランは隙さえあれば富岡を押し倒そうとするそうで、気を抜けるときがない富岡の疲労度はすでにピークに達しているようだった。

なんとかしてやりたいとは思うが、アランも別に富岡をからかっているわけではなく、本気で好きだとわかるだけに『やめてやれ』と言うのもはばかられる。

もしも富岡と自分が付き合っているのであれば『手を出すな』と言うこともできるが、そういうわけでもないからなあ、と考えていた、その頭の中を覗《のぞ》いたようなことを富岡が言い出し、田宮を驚かせた。

「僕と田宮さんが付き合ってでもいれば、あいつも諦《あきら》めるんでしょうけどね」

「……まあ、そうだよな」

ここで相槌《あいづち》はまずい。頷《うなず》いた瞬間気づいた田宮は、

「じゃあっ」

と明るい声を上げ、手を握ろうとしてきた富岡のその手を、ばしっとはねのけた。

「いてっ」

「すぐさまタクシーから蹴《け》り出すぞ」

憔悴しているからと油断すると、すぐこれだ、と田宮は半ば呆《あき》れ、半ば憤りつつ大仰に痛がってみせる富岡をじろ、と睨んだ。

「ジョークじゃないですか」

痛いなあ、と笑いながらも富岡はすぐ、はあ、と悩ましげな溜め息をつく。

「本当に、いつまでも田宮さんに迷惑かけていられないとは思うんですよ」

申し訳ないです、と真摯《しんし》に詫《わ》びる富岡を前に田宮もまた、はあ、と溜め息を漏らす。

実際迷惑をこうむってはいるが、だからといって放り出すこともできない。

それは田宮が飛び抜けて人がいいから――というよりは、相手がアランだから、というのが最たる理由だった。

「アランがもうちょっと普通ならな……」

思わず、ぼそ、とその考えが言葉になって田宮の口から零《こぼ》れ出る。

「アランが普通の奴だったら、僕一人で対応できてますよ」

あーあ、とまたも富岡が深い溜め息を漏らす。

「僕らの日常を返してほしいですよねー」

「………」

『僕ら』と一緒にされることに抵抗を感じ、田宮は相槌を打たずにすませたのだが、願いは一緒、とまたも大きな溜め息を漏らす富岡と共に、さらなる大きな溜め息を漏らしてしまったのだった。

九段下にある高梨の官舎の前で田宮は一人、車を降りようとしたが、当然のごとく富岡も共に降り、部屋に向かう田宮のあとについてきた。

「帰れよ」

「三十分くらい、様子見させてくださいよ」

頼みます、と今回もまたいつものごとく富岡に押し切られ、田宮は仕方ない、と肩を竦めると先に立ち歩き始めた。

「良平《りょうへい》、帰ってますかね」

「お前が『良平』って言うなよな」

怒るぞ、と振り返り睨んだあとまた前を向く田宮の脳裏に、愛《いと》しい恋人、高梨《たかなし》良平の顔が蘇る。

高梨と富岡は文字通り『犬猿の仲』といっていい間柄で、顔を合わせれば笑顔を保ちつつもの凄い舌戦になるのが二人の間ではデフォルトとなっていた。

だがこのひと月の間、三日にあげず官舎を訪れている富岡に対してなぜか高梨は寛大で、

「まあ、事情が事情やから仕方ないわな」

と、温かく——とまではいかないものの、普段の彼からは想像できない心の広さで富岡の来訪を許していた。

「正直、良平が優しくてびっくりですよ。てっきり茶化されるかと思ってたのに」

富岡にとっても高梨の反応は相当意外だったようで、今日もそんな言葉を口にし、首を傾《かし》げてみせる。

「だからお前が『良平』って言うなよな」

「もしかしてやきもち？　やだなあ、僕が田宮さんから良平をとるわけないじゃないですか」

あはは、と笑う富岡を田宮が睨み「帰れ」と冷たく告げたのに、

「冗談、冗談です」

と富岡が慌てて詫びたあたりで二人は高梨の部屋の前に到着した。

「インターホン、鳴らさないの？」

キーを取り出した田宮の背後から顔を覗き込むようにして富岡が尋ねる。

「近い」

そんな彼に肘鉄《ひじてつ》を食らわせた田宮は、

「いてて」

と富岡がうずくまっている間に鍵を開け、ドアを開いた。

「ただいまー」

玄関には高梨の靴がある。ということは帰宅していたか、と察した田宮は、

「おかえり」

と明るい口調で玄関へとやってきた高梨が両手を広げ『おかえりのチュウ』――田宮にとっては『ただいまのチュウ』だが――をしようとしたのに先回りし、早口で告げた。

「ごめん、今夜も富岡が一緒なんだ」

「さよか」

高梨はあからさまにがっかりした声になったものの、田宮の後ろからみぞおちのあたりを押さえながら富岡が「どうも」と顔を出すと、

「ちらかっとりますがどうぞ」

と愛想良く彼を中へと招いた。

「あ、メシ、作ろうか?」

どうやら高梨もまた、つい先ほど帰宅したらしい。部屋の様子でそうと察した田宮が問いかけたのに、答えたのは高梨ではなく富岡だった。

「いや、どうぞおかまいなく」

「お前じゃない」

「君やないで」

ほぼ同時に田宮と高梨、二人して富岡に突っ込みを入れる。

「仲良しでいいなあ」

ああ、と項垂れる富岡を前に田宮と高梨は顔を見合わせたあと、また二人してほぼ同時に

声をかけた。

「お前も食うなら作るぜ？」

「そないな顔せんと、ああ、ビールでも飲むか？」

「……絵に描いたような幸せな夫婦ぶりですねえ」

ああ、とまた溜め息をつく富岡を、いつもであれば『せやろう？』と得意満面になるはずの高梨がフォローしつつ席につかせ、田宮はキッチンへと向かうと缶ビールとつまみになりそうな漬け物を手に再び戻ってきた。

「良平、メシは？」

「ああ、軽く食べたさかい、僕もビールとお新香でええよ」

はい、と田宮に手渡された缶ビールを受け取り、高梨が微笑む。

「ごろちゃんは？　メシ食うてへんかったら、僕がなんぞ作ろうか？」

「俺も軽く食べた。な？」

ほら、と田宮が富岡にもビールを手渡し同意を求める。というのも残業するのに二人して社員食堂で夜食を食べたからだった。

「……はい……」

こちらもいつもであれば『田宮さんと愛情溢《あふ》れるディナータイムを過ごしました』くらいの見栄を張るはずなのだが、富岡はこくりと頷いただけで渡されたビールのプルタブを上げ、

「いただきます」

ぺこりと頭を下げてからそれを一気に飲み干した。

「…………」

「…………」

相当参っている上に相当自棄《やけ》になっている——またも田宮と高梨、二人して顔を見合わせる。

「……なんとかその……アラン、やったっけ？　に諦めてもらう方法はないんかね」

高梨もまたビールを呷《あお》りながら田宮と富岡に問う。

「さんざん断ってるんですけどね」

富岡が溜め息混じりに答えたのに対し、つい、高梨にいつもの癖が出た。

「富岡君もたいがいしつこいけどな」

意地の悪いことを言われたというのに、富岡は深く溜め息をつくと、

「本当に田宮さんはさぞ迷惑だったろうと反省してますよ」

と反撃することなく項垂れる。

「…………」

「…………」

またも高梨は田宮と目を見交わし、とことん参っているなと頷き合うと、

「まあでも、諦めてもらうしかないもんなあ」

ひとまず飲みや、と優しく富岡に声をかけた。

「ありがとうございます」

富岡も素直に礼を言う。

「アランも強烈だけど、悪い奴じゃないっていうか、富岡に対する思いは本物っぽいところがまた、困るんだよな」

田宮の言葉に富岡が、

「そうなんですよね」

と顔を顰《しか》め、相槌を打つ。

「よかれと思ってしてくれることだとはわかるんですよ。でも普通、します？　こっちがぽろっと言ったことに対して今日なんてシネコン貸し切りですよ？　あり得ませんよね」

やることがでかすぎて、と溜め息をついた富岡に、

「そこなんだよなあ」

と田宮もまた溜め息をついたあと、

「いっそのこと」

と彼へと身を乗り出した。

「え？」

「一回、付き合ってみるっていうのはどうだろう?」

「勘弁してください」

田宮の発言に富岡が悲鳴を上げた——のはまだわかった。だが、

「そら気の毒やろ」

という高梨の、心底同情している様子の発言はわからん、と田宮は、そして悲鳴を上げたばかりの富岡も、

「え?」

「はい?」

と戸惑いの声を上げ、まじまじと高梨を見やった。

「良平……この件に関しては富岡にえらい同情的だよな?」

田宮が探るような目を高梨に向け、

「それ、僕も感じてたんですよね」

富岡もまた首を傾げつつじっと高梨を見る。

「そないなつもりはないんやけど……」

高梨が二人の視線を避けつつビールを呷るのに、田宮がずばりと切り込んだ。

「良平、なんか俺に隠してること、ないか?」

「え?」

高梨は一瞬絶句したあと、

「あるわけないやろ」

と答える。

「今、間がありましたよね」

「うん、あった」

ひそひそと田宮と富岡が囁《ささや》き合うのを前に高梨が、

「ないないないない」

と慌てた声を上げた。

「嘘だ。だって変だもの」

「そうそう、普段の良平だったら僕がこんなに参ってたら、げらげら笑いそうなもんじゃないですか」

「だからお前が良平って言うなよ」

突っ込んだのはまたも田宮のみで、高梨はただ、

「何もないて」

と首を横に振っているだけだった。

「…………」

「…………」

またも田宮と富岡は顔を見合わせ頷き合うとすぐに、高梨を責め始める。

「良平、隠し事があるなら言えよ」

「そうですよ、良平。絶対様子、変ですもん」

「だからお前が良平って言うなよっ」

やいやいと責め立てる二人に高梨は、

「何もないて」

と言い返すのみで、わざとらしく席を立つ。

「あー、ビールがもうないわ。ごろちゃんも富岡君も、もう一缶、飲むやろ」

「絶対変だ」

「うん、変ですよね」

「変やないてー」

その後、話題は高梨の『隠し事』から少しも動かず、話し合うはずだった富岡の今後についてはいっさい語られずに終わったのだった。


翌日、富岡が外出している隙を衝くようにして、アランが田宮を「話がある」と呼び出した。

「話？」

「ああ。誰にも邪魔されたくない」

「……なら、会議室でもとるか？」

アランの厳しい表情を前に田宮は彼の本気を感じ、用件はわからないものの――まあ富岡の件だろうとあたりはついたが――話を聞くかと、会議室を予約しその部屋で彼と向かい合った。

「で？」

問いかけた田宮に身を乗り出し、アランが猛然と口撃し始める。

「吾郎、君はいったいどういつもりで雅己と付き合っているんだ？」

「付き合ってなんていないけど」

言い返してから田宮は、

「もちろん」

と言葉を足した。

「同僚としての付き合いはあるけど」

「僕が『同僚としての付き合い』について言及してるんじゃないことくらいはわかるだろう」

吐き捨てるように言われ、なぜにそんな言い方をされねばならないのだ、と眉《まゆ》を顰《ひそ》める。

「それなら別に付き合ってはいないけど？」

「昨日も一昨日《おととい》も一緒に帰っておいてそう言うか？」

言い返せば更に厳しい口調で言い返される。

「一緒に帰るイコール付き合っているというのは違うだろう？」

「別に僕は『付き合っている』の定義を語りたいわけじゃない。君と雅己の関係について、はっきりさせたいんだよ」

アランがバンッと机を叩く大きな音が室内に響いた。

「俺と富岡の関係？　職場の先輩後輩という以外、なんの関係も……っ」

「まだ言うかっ」

ここでまたアランが、バンッと激しく机を叩く。

その剣幕に、びく、と思わず身体《からだ》が震えてしまった田宮だったが、すぐに、なにくそ、とアランを睨んだ。

「勝手に決めつけるなっ」

「……吾郎、君は本当に見た目を裏切る」

激高していたはずのアランが自分を睨み返してきた田宮を前に、ヒューと口笛を吹く。

「なんだよ」

ふざけるな、と尚《なお》も田宮が睨むとアランは、すごいな、というように目を見開き、肩を竦めた。

「自分で言うのもなんだが、僕を前にすればたいていの人間はビビるものなんだ」

「……で?」

本当に自分で言うことじゃない。馬鹿か、と吐き捨てようとした田宮に向かい、アランがすっと手を伸ばしてきたかと思うと、その手で田宮の頬《ほお》に触れた。

「なんだよっ」

「ビビるどころか君は真《ま》っ直《す》ぐに僕に向かってくる。雅己が惹《ひ》かれる気持ちもわかるというものだよ」

「よせって」

アランの手を払いのけ、田宮は、

「まさか話ってそれか?」

会議室まで予約させやがって、という思いを込め、アランを睨みつけた。

「そうだ」

「くだらない」

時間をとるだけ無駄だった、と田宮が席を立つ。

「待ってくれ、吾郎」

と、アランの手が再び伸び、田宮の腕を摑むと、無理矢理座らされてしまった。

「なんだよ」

「単刀直入に言おう。吾郎、雅己と付き合う気がないのなら、彼を突き放してはくれないか？」

「なに？」

正直、田宮はアランが何を言っているのか、まるで理解できなかった。

「突き放しているだろう？　常に。それこそ毎日毎時間」

あれ以上、どう『突き放』せば満足なんだ、と自身の富岡に対する冷たすぎるほどの対応を思い出しながら問うた田宮は、返ってきたアランの答えに、う、と言葉に詰まることとなった。

「それは表面上のことだ。吾郎、君は意識していないのかもしれないが、雅己の思いを完全に拒絶してはいない。それが証拠に君は雅己に求められるがまま、僕からのアプローチの盾になっているじゃないか」

「それは別に『証拠』じゃなく、お前があまり無茶するからで……」

絶句したもののすぐに自分を取り戻した田宮は、態勢を立て直しそうアランに言い返した。

「無茶……無茶ね」

アランが苦笑し、首を横に振る。

「僕が無茶をしようがしまいが、君にとって雅己がどうでもいい存在であるのなら、放置するんじゃないのかな？」

「そういうわけにはいかないだろう」

言い返した瞬間アランが、

「なぜっ？」

と問い詰めてくる。

「いい人ぶりたいということか？　困り果てている後輩を見捨てることはできないと。でも君は雅己のアプローチに辟易《へきえき》していたんだよね？　なぜここで、雅己が他にパートナーを見つければ自分にとってもハッピーな結果になるとは思わない？　実際君は、雅己のアプローチを迷惑になんて思ってないんじゃないのか？　心の底では喜んで――むしろ望んでいるんじゃないか？　自分がこうも人に好かれているという優越感でも持っているんじゃあ……」

「そんなわけがないだろうっ」

何が優越感だ、と田宮が大声を上げたそのとき、

「田宮さんっ」

ノックもなしにいきなり会議室のドアが開いた次の瞬間、室内に駆け込んできた男の姿を見て、田宮とアラン、二人は同時にその名を呼んだ。

「富岡っ！」

「雅己っ！」

「アラン、てめえ、ふざけんなよなっ」

富岡はそう言ったかと思うと、田宮に駆け寄り彼の腕を摑んだ。

「田宮さん、こいつの話なんて聞く必要ないです」

「待ってくれ、雅己。いい機会だ。今、はっきりさせようじゃないか」

富岡は終始アランを無視していたが、さすがにドアの前に立たれては無視もできなくなり、いかにも不機嫌な口調で、

「何をはっきりさせるって？」

と問い返した。

「吾郎の気持ちだよ」

アランもまた厳しい口調で答える。

「え？」

いきなりここで『当事者』に祭り上げられた田宮が戸惑いの声を上げ、富岡を、そしてアランを見やった。

「田宮さんを巻き込むな」

田宮の視線を受け、富岡がきっちりそう言い返す。

「君だって知りたいだろう？　なぜ、吾郎は君をきっぱり拒絶しないのか」

だがアランは富岡に新たな問いをしかけ、じっと目を覗き込んだ。

「今のままでは蛇の生殺しだ……日本語の意味はあっていると思うが」

アランがそう言い、きつい眼差《まなざ》しを田宮に注ぐ。

「…………」

田宮が何も答えられなかったのは何も、『蛇の生殺し』の意味がわからなかったわけではない。わかるがゆえに、そのとおりかも、と声を失ってしまったのだった。

「アホか。アラン、お前は田宮さんの性格がまるでわかってないな」

田宮のかわり、とばかりに富岡が挑発的な声、挑発的な顔で言葉を発する。

「田宮さんは拒絶しないんじゃない。できないんだ。向けられる思いが真剣であればあるだけ、受け止めなきゃと思ってしまう。それに僕がつけ込んでいるだけだ。責めたきゃ僕を責めろ。田宮さんに罪はないっ」

そう言い切ったかと思うと富岡は田宮の腕を引き、会議室を出た。

「おいっ」

フロアの人間の注目が集まるのを感じ、田宮が富岡の手を振り解《ほど》こうとする。

「ああ、すみません」

富岡はすぐに気づいたようで苦笑しつつ手を離すと、

「ほんと、申し訳ありません」

と田宮に深く頭を下げた。

「謝るようなこと、してないよな?」

心当たりがない。問いかける田宮に富岡が苦笑する。

「本当に田宮さん、人がよすぎます」

「別によくないだろ？」

いたって普通だと思うけれど、と首を傾げる田宮を前に富岡はまた苦笑してみせたあと、

「B１にコーヒー買いにいきましょう」

と誘ってきたのだった。


「おごります。なんにします？」

「別にいいよ。それよりお前、D工業どうした？　ピンチだったんだろ？」

問いかけた田宮の前で富岡が、

「参ったな」

と笑ってみせる。

「何が参ったんだよ」

「普通そういう心配って、嫌いな相手にはしないでしょ？」

「嫌い？」

誰が誰を、と目を見開いた田宮を前に、富岡は今度こそはっきりした苦笑を浮かべると、

「あなたが、僕を」

わざとらしいほどに滑舌よく、そう言い捨てたのだった。

「俺がお前を嫌うって？　なんで？」

「じゃあ好き？」

間髪を容れずに問われ、田宮が、う、と言葉に詰まる。

「………」

富岡がじっと自分を見つめているのがわかる。好きか、嫌いか——その二種類しか人に対して抱《いだ》く感情はないのかよ、と田宮もまた富岡を見返し口を開いた。

「人としては好きだ——でも、恋愛感情の『好き』じゃない」

「きっぱり言いますねえ」

傷ついちゃうな、と富岡が苦笑し、

「ブラックでしたよね」

と自動販売機の前に立つ。

「いいよ。自分で買う」

言いながら横に立った田宮を富岡がまた見下ろしてきた。

「なんだよ」

潤んだ瞳に見つめられ、どき、と田宮の鼓動が高鳴る。

まさか先ほどの自分の発言が本当に富岡を傷つけたのか――『傷ついちゃうな』をいつもの軽口ととっていたが、そうじゃなかったのか、と田宮もまた富岡を見返し、

「あの……」

と改めて声をかけた。途端に富岡がその潤んだ目を細めて笑い、

「やっぱりなあ」

と手を伸ばして田宮の額をつつく。

「なんだよ」

思わずその手を払いのけると富岡は、

「田宮さんは優しすぎるんですよ」

苦笑するようにそう言い、払いのけられた手をポケットに入れて、財布を取り出した。

「モカにしようかな。田宮さんもそれでいい？」

「自分で買うって」

「D工業、成約できましたんでね。お祝いですよ」

「本当かっ」

田宮の高い声が人気《ひとけ》のない社員食堂に響きわたった。

「大ピンチって言ってたのにすごいじゃないか！　俺がおごるよ。お前、モカだよな？」

田宮は富岡が今回の案件では非常に苦労をしてきたことを傍で見て知っていた。

さすがは富岡だ、と自分まで嬉しくなってしまいながら富岡を自動販売機の前から押しのけ、小銭入れから百円を取り出し自動販売機に入れる。

「おめでとう！　もう課長には報告したか？　来期は予算が厳しいって言ってたから、課長もさぞ……っ」

自動販売機の、自分の選んだコーヒーのボタンの点滅を見守りながら、弾んだ声で喋《しゃべ》り続けていた田宮は、不意にいつの間にか背後に回っていた富岡にきつく抱き締められ、はっとして振り返った。

「ふざけんなよ？」

振り解こうともがくが、富岡の腕は緩まない。

「いい加減にしろって」

「……田宮さん、僕のこと本当に『好き』なんですね」

くぐもった声が耳元で響く。

「だから……っ」

そういう『好き』じゃないって言っただろ、と言い返そうとしたそのとき、ピー、というコーヒーが仕上がった音が響きカップを置かれた場所の扉が開いた。

「ごちそうさま」

その瞬間、富岡の腕がすっと緩み、田宮の身体の後ろからその手を伸ばして彼はコーヒーを自動販売機から取り出した。

「あ、ああ」

その隙に、と田宮が横に避《よ》けると、富岡はあたかもそれまでの流れを断ち切るかのようにおいしそうにコーヒーを飲み始め、話題を新たに振ってくる。

「そうそう、田宮さん、アランと二人で会議室に入るなんて危険な真似、今後は絶対しないでくださいよ?」

「危険?」

急に話題が変わったことに戸惑いを覚えつつも問い返した田宮に、

「あいつはケダモノですから」

と富岡がコーヒーを啜《すす》りながら顔を顰めてみせる。

「ああ……」

そういや富岡は常に押し倒される危機に瀕《ひん》しているんだった、と思い出した田宮は、自分の分のコーヒーを買いながら、問題ないと笑ってみせた。

「大丈夫だよ。アランは俺にひとかけらの興味もないんだし」

「わかりませんよ。そんなの。いつ田宮さんの魅力に気づくか……」

「いや、あいつはお前の魅力にやられてるわけで」

そう言った瞬間、富岡がぶるっと身体を震わせた。

「やめてくださいよ。今、ぞっとしちゃいました」

「お前はアランが嫌いなのか？」

あまりに嫌そうな態度をとられ、田宮は思わずそう問いかけてしまった。

「え？」

富岡が驚いたように目を見開く。

「いや……やってることはたしかにめちゃめちゃだけどさ、アランがお前を好きって気持ちは本気だろうし……」

いくら本気であろうが、その想いに応えなければならない道理はない。それはそうなのだけれど、という田宮の考えがわかったのだろう。

「僕は田宮さんほど『いい人』じゃないんですよ」

富岡はそう答えると、コーヒーをぐび、と飲み「あちち」とおどけてみせた。

「……別に俺も『いい人』じゃないけどさ」

自販機からコーヒーを取り出し、田宮も啜る。しばしの沈黙が流れたあと、口を開いたのは富岡だった。

「さっきの田宮さん同様、好きか嫌いか、二つに分けたら、まあ、嫌いってわけではないんですよ。人間として『好き』とも思えないけど、うーん、嫌いではないい」

考え考え富岡が話し出したのは、自分のことについて田宮がいろいろと考えていることを感謝してのものだと思われた。

どっちが『いい人』だよ、と思いつつ田宮が相槌を打つ。

「そうなんだ」

「人柄をよく知らないっていうのもありますよね。あいつ、人の顔見るとすぐ押し倒そうとするから、こっちとしては逃げるしかないっていうか」

「ああ、そうか」

ここで閃くものがあり、田宮が思わず大きな声を出した。

「なに?」

どうしたんです、と富岡が田宮の顔を覗き込む。

「アランに約束させるのはどうだろう」

「約束? 何を?」

眉を顰める富岡に田宮は、今思いついたばかりの、おそらくグッドアイデアと思われる提案を口にした。

「お前がいいと言うまで手を出さないって」

「いいと言うわけないじゃないですか」

心底嫌そうな顔になった富岡を、

「だからさ」

と田宮は説得にかかった。

「このままだとお前もアランも不幸だと思うんだよな。アランが真剣にお前を思う気持ちはいつまでたってもお前に伝わらないし」

「僕は不幸じゃないですよ」

このままでも、と口を挟んだ富岡を、

「日常を返せって言ってたじゃないか」

とやり込め、話を続ける。

「だから、アランを説得しよう。キスやハグは普通、気持ちが通じ合ってからやるものだろうって。お前が『キスしていい』と言うまでは、隙を衝いて押し倒したりしない。その確約がもらえればお前だって……」

「ねえ、田宮さん」

熱弁を振るっていた田宮は、ここで富岡に静かに名を呼ばれ、はっと我に返った。

「え？」

「なんでそんなに一生懸命なんです？」

富岡が切なげな顔で、田宮の目をじっと覗き込んでくる。

「一生懸命……かなあ」

熱は入ったが、そこまで必死に聞こえたか、と首を傾げた田宮は、続く富岡の言葉にかちんときたあまり怒声を張り上げていた。

「僕をアランに押しつけようってこと？」

「お前、馬鹿かっ」

正直、言われるまで田宮はその『動機』に少しも気づいていなかった。

大声を張り上げた田宮を見て、富岡が、

「ごめん」

と笑う。

「わかってたんですけどね、あまりにも一生懸命だから、ちょっと傷ついちゃって」

苦笑し告げられた言葉尻を田宮はとらえ、

「傷つくってなんだよ」

やはり遠ざけようとしているとでも思ったのか、と富岡を睨む。

「違いますよ。恋愛感情もない相手にこんなに一生懸命になってくれるあなたが、なんで僕のものじゃないのかと、そのことに傷ついちゃったんですよ」

富岡は本当に切なげな顔でそう言うと、

「それは……」

と絶句した田宮に向かい、ぱち、と片目を瞑《つむ》ってみせた。

「だから田宮さんは『いい人』すぎるんです。こんなんでほだされてたら、僕みたいな悪人につけ込まれますよ」

さあ、戻りましょう、と富岡が田宮の背を促し歩き出そうとする。

「うん……」

今の切なげな顔は『演技』だという、それこそ『演技』をする富岡に田宮は何か言葉をかけようとしたが、何を言っていいのかわからず、ただ頷くにとどめた。

『蛇の生殺し』――アランの罵《ののし》りが耳に蘇《よみがえ》る。

拒絶はしている。だがどこかで頼りにしている部分がないかと問われたら、はっきり『ない』と言い切ることが果たして自分にできるだろうか。

常に伸ばされている庇護《ひご》の手を、ついとってしまうことはままあったが、この際、きっぱり拒絶するべきじゃないのか。

そうすることが一番の優しさなのかも、と田宮が富岡を見やったそのとき、ちょうど二人が辿り着いていたエレベーターホールに一基のエレベーターが到着し、扉が開いた。

「乗りましょう」

富岡に促され、箱へと向かう。

「あ」

開いた扉の向こう、箱の中には難しい顔をしたアランがいた。

「……アラン……」

「課長が吾郎を探している」

むすっとしたままアランはそう言うと、乗れ、と二人に向かい顎《あご》をしゃくってみせた。

「あ、ありがとう……」

先に乗り込み、執務フロアのボタンを押した田宮に続き、箱に乗り込んできた富岡がアランに訝《いぶか》しげな視線を向ける。

「ちょっと待て。なんで僕らがＢ１にいるってわかったんだ？」

「細かいことは気にしなくていい」

そっぽを向くアランに、

「細かいことじゃないだろう」

と富岡が食い下がる。その間にエレベーターは上昇し始め、途中階には停まることなく上っていった。

富岡の怒声にアランは答えず、結果三人して黙り込むことになったのだが、間もなく目的階に着くというときになりアランが口を開いた。

「君らの条件、飲もう」

「え？」

「条件？」

チン、と到着を知らせる音が響き、扉が開く。

降りねば、と田宮はエレベーターを降りたものの、アランが何を言いたいのかは気になり、富岡と顔を見合わせた。

「だから、雅己が僕とキスをしてもいいと思うまで、無理強いはしないという条件だよ」

不本意この上ない、といった表情で言い捨てたアランの言葉を聞き、田宮は富岡と再び顔を見合わせたあと、二人してほぼ同時に叫んでいた。

「なんでっ？」

「お前、なぜそれを知ってる？」

問うた直後に富岡がはっとし、自身の身体を探り始める。

「盗聴器でもしかけやがったな？」

「そんな下品な真似、僕がするわけないだろう」

アランが呆れ果てた顔になり外国人らしい大仰な仕草で肩を竦めてみせる。

「どこにいても君の姿を追えるよう、すべてのフロアに監視カメラを設置しただけさ。高性能の集音マイクと共にね」

「……要は盗撮に盗聴……だよな？」

胸を張って言うことか、と呆れる田宮の横では富岡が、

「信じられないっ」

と悲鳴を上げる。

「信じてほしい。もう二度と君の隙を衝き、押し倒すことなんてしないから」

そんな富岡の手を握り締め、アランが熱く訴えかける。

「盗聴もやめろっ！　今すぐにっ！」

その手を払い退《の》けると富岡はそう叫びつつ、田宮に駆け寄ってきた。

「やっぱダメです。僕の許容範囲を超えてますっ」

「何がダメなんだ？　僕は君がその気になるまで決して手を出さないと約束すると言ってるんだよ？」

それのどこに問題が、と、眉を顰めるアランと、

「堂々と盗聴するような野郎の発言があてにできるかっ」

とアランを怒鳴りつける富岡を代わる代わるに見やり、田宮はやれやれ、と溜め息をつく。

「だから盗聴じゃないよ。君の居場所を知りたかっただけさ」

「それもやめろ。今すぐ」

「君はどこまで僕を譲歩させれば気がすむんだい？」

「最低限のマナーだっ！　常に監視される身になってみろっ」

「僕は子供の頃から二十四時間ＳＰがついていたけど？」

「知るかーっ」

やり合う二人の様子は、まさに丁々発止、もしかして相当気が合うのでは、と思えなくもない。

そんな無責任な感想を抱きながらも田宮は、方法はともあれアランの『譲歩』は、今までそれこそ好き勝手に、少しの我慢も知らず生きてきた彼にとっては、かなりの忍耐を伴うものなのではないか、と察していた。

忍耐自体、今までしたことがないだろうに、と、自身を怒鳴りつける富岡を愛しげに見つめるアランを見やる。と、アランは田宮の視線に気づいたようで、

「吾郎、君からも言ってやってくれ」

と富岡を宥《なだ》める役を振ってきた。

「……少なくとも今後、トイレに入るときに身構えなくてよくなるんだ。よかったじゃないか」

こんなことしか言ってやれずにすまん。そう思いつつも、そこは喜ぶところだろうと告げた田宮に、

「そのトイレも監視されてるんですようっ」

と富岡が嘆きの声を上げる。

「わかった。トイレのカメラは外そう」

「やっぱり監視してたのかっ」

しぶしぶ、といった感で唸《うな》るアランを富岡が怒鳴りつける。

もうあとは二人で勝手にしてくれ、と田宮は課長に呼ばれていたこともあり、わいわいと騒ぐアランと富岡を残して一人デスクへと戻ったのだった。


いろいろ問題はあるものの、アランは約束は守る男だったようで、その後彼が富岡の隙を衝いて押し倒したり、トイレの個室に連れ込んだりすることは一切なくなった。

「そのかわり、毎日毎日うるさいんですよ。『キスしてもいいという気になった？』って、五分おきに聞いてくる。もうノイローゼになりそうです」

今夜もなぜか家に上がり込み、さんざん愚痴をこぼしていた富岡に対し、高梨のリアクションはそれまでとは打って変わった冷たいものとなっていた。

「バック狙《ねら》われる危機からは脱したんやろ？　ええやないか口説かれるくらい」

「いいわけないじゃないですか。高梨さんも体験してみてくださいよ」

なぜにそうも突然冷たくなったのだ、と非難の声を上げる富岡に対し、高梨は一瞬何か言いかけた。が、なんだか様子がおかしい、とじっと顔を見つめていた田宮の視線に気づいたらしく、わざとらしい咳《せき》払いをし、

「ともかく」

と大きな声を出した。

「身の危険がなくなったいうんなら、真っ直ぐ家に帰ればええやないか」

「会社の前に全長五メートル以上あるリムジン停められてみてくださいよ。逃げたくもなるってもんでしょ？」

「五メートルどころか。八メートルくらいあったもんな」

相変わらずスケールはでかい、と感心してみせる田宮の耳に、ぼそりと呟く高梨の声が響く。

「ほんま、ずるいわ。一人で危機脱しよって」

「ずるい？　何がずるいって？」

どうやら無意識の呟きだったらしく、田宮が問いかけると途端に高梨は、はっとした顔になった。

「なに？　僕、何も言うてへんよ」

「いや、言ってました。なんか最近、良平の様子、おかしいですよね」

富岡までもが疑わしい目を高梨に向ける。

「富岡君に『良平』呼ばわりされる覚えはないわ」

「ごまかすなよ、良平。やっぱりなんか、隠してるんだろ？」

富岡に絡もうとする高梨に、田宮の厳しい声が飛ぶ。

「隠してへんて」

「うそですよ、田宮さん。良平、絶対なんか隠してます」

「富岡君なあ、それが今までさんざん相談に乗ってきた僕に対する仕打ちなん？　てか、良平って呼ぶのやめてくれへんか？」

「ごまかすなって！　良平が隠し事するのが悪いんだろっ」

またも富岡を非難し話を流そうとしたのを、田宮がきっちり引き戻す。

たとえ何を言われたとしても、自分もまた神奈川県警の海堂《かいどう》警部より頻繁にアプローチを受けているだけでなく、常に『身の危険』に晒《さら》されている――などということはとても最愛の恋人に明かすことはできない。

かんにん、と心の中で両手を合わせつつも高梨は、敏腕刑事よろしく厳しい追及を続ける田宮と、その横で面白がっているとしか思えない調子で問いつめてくる富岡をかわそうと、

「せやから、隠し事なんてしてへんて」

と必死の形相で訴え続け、ますます二人から疑いの目を向けられることになったのだった。

家族の絆

1

兄、和美《かずみ》の十三回忌から戻った翌月、良平《りょうへい》の留守中に彼の姉であるさつきさんから、なんと俺の携帯に電話が入った。

『もしもし、ごろちゃん？　今、ちょっとええかしら』

「あ、はい。なんでしょう」

さつきさんや美緒《みお》さんが、弟である良平の携帯電話や家の電話に連絡をしてくることは結構ある。だが俺の携帯に電話をもらうなんてことはまずなく、何か特別な用件が、と身構えた俺の耳にさつきさんのあっけらかんとした声が響く。

『来月の七日、日曜日なんやけど、こっち来られへんか？』

「え？　あ、はい。大丈夫ですが」

日曜日なら大阪に行けないことはない。が、まさか俺だけに来いってわけじゃないよな、と思い、良平の予定を確かめますと続けようとする。が、それより前にさつきさんのマシンガントークが始まってしまった。

『よかったわ。そしたら悪いんやけど、七日の日曜日、朝十時までにはこっちに来とってな。

なんなら土曜日から泊まってくれてもかまへんてお母さんも言うとるし』

「あ、あの……」

行くのはかまわないが、用件はなんなのか。そう問おうとしたのがわかったのか、

『ああ、かんにん。大事なことを言うてへんかったね』

とさつきさんは照れたように笑うと、まさしく、それを最初に言わんでどうする、ということを告げ、俺を絶句させてくれたのだった。

『七日、お父さんの一周忌なんよ。ごろちゃんにも親族として参列してほしい、思うてな」

「い、一周忌……っ？」

『詳しいことは良平に聞いてや』

そしたらな、とさつきさんは俺が言葉を失っている間に電話を切ってしまい、俺は携帯を握り締めたまま暫《しば》し呆然《ぼうぜん》と立ち尽くすことになった。

夜中、帰宅した良平をリビングで待ち受け早速この話をすると、なぜか少し彼は困った顔になり意味のわからない言葉を呟《つぶや》いた。

「あー、姉貴、強攻策に出よったか」

「強攻策？」

何を『強攻』するのかと問おうとし、

「あ」

すぐ思い当たってつい声を漏らす。

「俺、親族として行くのはマズいんじゃないのか？」

良平のお父さんは会社を経営していた。その一周忌ともなればかなり大がかりになるんじゃないかと思う。

参列するのは親族だけじゃないかもしれない。そんな中、俺が親族席なんかにいたら、皆から変に思われるんじゃないか。

さつきさんや美緒さん、それに良平のおふくろさんは俺と良平との関係を、ありがたいことに比較的――どころか、全面的に受け入れてくれているが、会社を継いだ良平のお兄さん――康嗣《やすし》さんは、俺に対してあまりいい感情を抱《いだ》いていない。

康嗣さんも大人なので、面と向かって不快感を露《あら》わにしたりはしない。が、俺と対面するときの彼の顔は常に強張《こわば》っていたし、できるだけ顔を合わせないようにしているのは明らかだった。

それを『酷《ひど》い』とは思わない。ある意味当然の反応で、さつきさんたちのほうがレアなリアクションだとわかっているが、多分、一周忌の法要に俺を呼ぶことについて康嗣さんからストップがかかったんじゃないかと、俺はそれに思い当たったのだった。

「マズいことはあらへん。僕も勿論《もちろん》、一緒に来てほしいて頼むつもりやった。姉貴に先を越されて動揺してもうた。それだけや」

良平が明るく笑い、改めて俺に問いかけてくる。

「来月の七日、親父の一周忌に来てくれへんか？」

「……会社関係の人も来るんじゃないのか？」

「どないやろ。来たとしても関係ないやん」

「あるよ」

やっぱり、と俺は首を横に振った。

「やめとくよ。せっかくの親父さんの一周忌に水を差したくないし」

「あほか。なんでごろちゃんが来ると『水を差す』ことになるんや」

気にしすぎや、と良平が笑い、腕を伸ばして俺を抱き寄せようとする。

「会社関係の人に……それに親戚のみなさんにも、俺のことをなんて説明するんだよ」

「決まってるやないか。僕の嫁さんやて」

「それが『水を差す』ことになるんやけど」

うそくさい関西弁で応酬すると、良平はあからさまにむっとした顔になった。

「別にならへんよ」

不機嫌に言い捨てる彼を、

「なら」

と問いつめる。

「さっきなんで『強攻策』なんて言ったんだよ。さつきさんや美緒さんは俺を呼ぶことに賛成してるけど、お兄さんはしてないんだろ？　その調整を良平がやろうとしてたんじゃないのか？　でも、お兄さんの言うことのほうが正しいと思うよ。親族だけの集まりならともかく、会社関係の人が来るような法要で、男の俺を『嫁さん』と紹介するなんて、良平だけじゃなく家族や、亡くなった親父さんや、それにお兄さんの会社にも迷惑がかかる。俺はやだよ、そんなの」

「別に迷惑はかからへんよ」

「かかる」

「かからへん」

良平は俺を抱き締めようと頑張り、俺はそうはされまいと彼の胸を両手で突っぱねる。

「ごろちゃんはほんま、頑固やわ」

先に諦《あきら》めたのは良平だった。やれやれ、と溜《た》め息を漏らし俺の身体《からだ》から腕を退《の》ける。

「良平だって頑固だよ」

俺はそう言うと、今度は自分から良平の胸に飛び込んでいった。

「ごろちゃん……」

良平の両腕が背に回り、そっと抱き締めてくれる。

「良平の気持ちは嬉しいよ。さつきさんの気持ちも嬉しい。でも、今回は遠慮するよ」

「そやし……」

まだ何かを言おうとする良平の言葉を、

「ごめんな」

と顔を見上げ、謝罪で封じる。

「…………」

それでも言葉を続けようとする良平の口を、背伸びをしてキスで塞《ふさ》ぐ。

「……っ」

良平は少し驚いたように目を見開いたが、すぐにその目を細めて微笑《ほほえ》むと、俺の背をしっかりと抱き締め、絡めていった俺の舌を逆にとらえてきつく吸い上げてくれた。

「……ぁ……っ」

良平の手がせわしなく俺の背を撫《な》で回し、右手がすっと下りて俺の尻を摑《つか》む。指先が割れ目にめり込むのに、俺の身体はびく、と震え、合わせた唇から微《かす》かな声が漏れた。

「あかん、もう我慢できへん」

唇を離した良平が苦笑し、尻を摑んだ手にぐっと力を込める。

「や……っ」

下肢を良平の下半身に押しつけられる。腹に感じる彼の雄は早くも酷く熱く、そして硬くて、思わずごく、と唾《つば》を飲み込んでしまった。

自分でもやたらと生々しく感じるその音が響いた直後、良平の雄が一段と硬くなったのがわかる。つい目線を下へと向けると、良平が、くす、と笑う声が耳元で響いた。

「恥ずかし。モロバレや」

「俺もだよ」

良平ほどではないが、俺の雄だってもう硬くなっている。自ら腰を擦り寄せると良平は、まさに『感極まった』としかいいようのない表情となり、その場で俺を抱き上げた。

「うわっ」

抱き上げられることはよくあるが、何度されても床からの高さには慣れられず、良平の首にしがみつく。

「ほんま、ごろちゃんは可愛い。今、自分でもよう鼻血出さへんかったって感心しとるわ」

「鼻血……馬鹿じゃないか？」

ふざけすぎ、と睨《にら》んだあたりで、寝室へと辿《たど》り着く。

「ふざけとるんとちゃうよ。ほんま、鼻血出そうやったもん」

よっと声をかけつつ良平はそっと俺の身体をベッドへとおろすと、自身も膝《ひざ》でベッドに上がりゆっくり覆い被《かぶ》さってきた。

両手を広げ彼の背を抱き寄せようとする。

「ん……」

キスの直前、良平の吐息が唇にかかり、堪《たま》らず息を漏らしたそのとき、

「あかん」

何を思ったのか良平がすっと身体を起こそうとしたものだから、俺は慌てて彼の背に回した手に力を込めそれを制した。

「なにがあかんの？」

「嘘くさい関西弁やなー」

あはは、と声を上げて笑った良平は右手を背に回し俺に腕を解《ほど》かせようとする。

「まだシャワーも浴びてへん。ちゃちゃっと浴びてくるから待っとってや」

「シャワーなんていいよ。あとで」

外されそうになった腕に更に力を込め、ぐっと自分のほうへと引き寄せる。

「せやかて」

「かまへん……あれ？　かまわへん？」

どっちだ、と問いはしたが、俺はもう答えを待ってはいなかった。

両手両脚を良平の背に回し、キスをねだる。

「ごろちゃん……」

良平は困ったなという顔になったものの、すぐ、

「汗くさくても知らへんで」

と笑うと、唇を落としてきてくれた。

「んん……っ」

激しく互いに口内を舌で侵し合いながら、手は互いのシャツを脱がそうとボタンをはずしていく。

そのうちに、それぞれ自分で脱いだほうが早いという結論に達した俺たちは、目を薄く開き頷《うなず》き合うと、無言のまま身体を起こし各自で服を脱ぎ始めた。

あっという間に全裸になり、勃起しきった雄をさらしながらも、往生際悪く浴室へと向かおうとしていた良平に後ろから抱きつきベッドに引き戻す。

「なんや、今日は特別汗くさい気がするんや」

「それだけ働いたってことだろ」

ごろちゃんに悪い、そう言いかけた良平の裸の胸に顔を埋《うず》めると、確かにいつもより少しだけ強く良平の体臭を感じたが、それはちっとも不快ではなく、逆に興奮を煽《あお》る匂いだった。

「嗅《か》がんといてや」

良平が苦笑しながら俺の身体を引き剝《は》がし、ベッドに仰向《あおむ》けに寝かせると胸に顔を埋めてくる。

「あっ……んん……っ」

片方の乳首を舌で、もう片方を繊細な指先で同時に攻められ、俺の肌はあっという間に熱し、鼓動は速まっていった。

「やだ……っ……ん……っ……んふ……っ」

すぐに勃ち上がった乳首をちゅう、と強く吸われ、もう片方をきつく抓《つね》られる。ぞわぞわとした快感が腰のほうから這《は》い上ってきて、自然と身体が捩《よじ》れてしまうことを恥じつつも俺は、良平もまた、早く快感を貪《むさぼ》ってほしい、とそっと脚を開いた。

良平も、とかいいながら、実は自分が欲しいのだ。早く彼を中で感じたい――後ろがひくつき始めているのがわかる。

あさましいなと、恥ずかしくてたまらなくなる。が、腹のあたりにあたる、どくどくと脈打つ良平の雄の熱さを前に、羞恥《しゅうち》心は空の彼方《かなた》へと飛び去った。

「もう、ほんまに鼻血、出すで」

良平は俺の思いにすぐ気づいてくれたようだ。顔を上げ、満更冗談ではないような顔でそう言ったかと思うと、身体を起こし俺の両脚を抱え上げた。

「や……っ……良平……っ」

指で解《ほぐ》し、すぐ挿れてくれる――そう思っていたのに、良平は俺のそこに顔を埋め指ではなく舌を挿入させてきた。

「きたな……っ……あ……っ」

両手で双丘《そうきゅう》を割り、押し広げたそこを良平の舌がこれでもかというほど舐《ねぶ》っていく。

ざらりとした舌の感触を内壁に感じるたび、内部のひくつきは増し、すでに勃ちきっていた雄の先端に滲《にじ》む透明な液が己の腹を濡《ぬ》らした。

「もう……っ……あっ……もう、いいから……っ」

舌と共に指が挿れられ、それらが俺の中を乱暴にかき回す。指より舌より、欲しいものがある、と堪らず大きな声を上げると、良平は俺のそこから顔を上げ、にこ、と笑いかけてきた。

「僕も我慢、できへんわ」

開いた両脚の間から良平に微笑まれるという光景に、俺の鼓動は更に高鳴り、雄の先端からは先走りの液が滴り落ちる。

「や……っ」

たまらない——その気持ちのまま、良平から目を逸《そ》らせている間に、良平は再び身体を起こし、俺の両脚を抱え直していた。

「いくで」

熱い塊を後ろに感じる。少し掠《かす》れた声でそう告げた良平のその声に、ぞくぞくする自分を抑えられない。

「うん……っ」

早く——そう言ってしまいそうになるのを慌てて堪える。さすがに羞恥を覚えたからだが、せっかく取り戻したはずの羞恥も、ずぶ、と良平の雄の先端が挿入されると、再びもの凄《すご》いスピードで空の彼方へと消えていった。

一気に奥まで貫かれ、大きく背が仰《の》け反《ぞ》る。こつ、と奥底に先端があたった、とわかった次の瞬間から、良平の激しい突き上げが始まった。

「あっ……あぁっ……あっあっあーっ」

恥じらいを感じる余裕はすでになかった。体温が一気に五度くらい――そんなことはあり得ないが――上昇したような気がする。

汗がぶわっと全身の肌から吹き出し、身体全体が火傷《やけど》しそうなほどに熱しているのを感じた。

喘《あえ》ぐ息も、良平の逞《たくま》しい雄が抜き差しされるそこも、脳まで沸騰するほどに熱く、どうにかなりそうになる。

「あつ……っ……あっ……もう……っ……もう……っ……おかしく……なる……っ」

大きすぎる快感はときに、恐怖めいた感情を呼び起こす。怖いことなど何もない。それはわかっているのに、この感情はいつまでも消えることがない。

すぎるほどの快感の果てに何があるのか。確かめるのが怖い。そのとき自分の身体に、そして心にどのような変化が訪れるのか、それを知るのが怖いのかもしれない。

勿論、行為の最中にそんなことを考える余裕はなく、込み上げる恐怖から逃れるべく俺はいつしか自身の雄に手を伸ばし、扱《しご》き上げることで自ら絶頂を迎えようとした。

「あ……っ」

だが俺より早く良平の手が雄を摑んだかと思うと、突き上げのスピードはそのままに一気に扱いてくれる。

「アーッ」

昂《たか》まりに昂まりまくったところに受けた直接的な刺激には耐えられるわけもなく、俺はすぐに達すると、白濁した液を良平の手の中に放っていた。

「……く……っ」

ほぼ同時に良平も達したようで、俺の上で伸び上がるような姿勢となる。

ずしりとした精液の重さを中に感じた俺の口から、我ながら満ち足りた、としかいいようのない吐息が漏れた。

「あぁ……」

「汗くさく、なかったか?」

ふう、と大きく息を吐き出した俺を心配そうに見下ろし、良平が問いかけてくる。

「………」

まだ息が整わなかったため、首を横に振って、そんなことはない、という気持ちを伝えようとしたが、良平は俺が気を遣っていると思ったようで、

「かんにんな」

と申し訳なさそうな顔になる。そんな顔をする必要はない、となんとか声をしぼり出した。

「……いつもより……興奮したよ」

「あかん。ほんまに鼻血、出るわ」

良平はそう笑ったかと思うと、

「もう……」

またふざけて、と睨んだ俺に覆い被さり、

「ふざけてへんて」

と言いながらまだ整っていない俺の呼吸を妨げぬよう優しいキスを、頬《ほお》に、額に、そして唇に、数え切れないほど落としてくれたのだった。

2

良平の親父さんの一周忌の件は、俺は行かない、ということでカタがついたものだと思っていた。

なので、その日を一週間後に控えた今になって、

「土曜日から行くで」

と良平に言われ、戸惑いの声を上げてしまった。

「え？　でも……」

「姉貴もおふくろも、ごろちゃんに会いたいんやて」

だから行こう、と誘ってくれる良平に、気持ちは嬉しいけれど、と首を横に振る。

「やっぱり、マズいと思うよ」

「法事に出る出えへんはともかく、一緒に来てほしいんやけど、あかんかな？」

良平の必死の説得にほだされ、結局、俺は土曜日から大阪の彼の実家へと向かうことになった。

法事には出ない、という意思表示のため、礼服を持っていくのを拒否すると良平は、

「好きにしたらええ」

と苦笑はしたものの、無理強いしてくることはなかった。

一周忌ということで、休みは確保されたらしい。それでも突発的な事件が起こればドタキャンするしかないと本人、覚悟していたが、幸いなことに何事も起こらず、俺たちは土曜日の昼過ぎに大阪行きの新幹線に乗り込むことができた。

「土産《みやげ》なんていらへんのに」

東京名物、かつ女性に好まれそうな洋菓子を東京駅で購入した俺に、良平は申し訳なさそうな顔をしていた。

「口にあえばいいけど」

「姉貴たちも、それに案外おふくろもミーハーやさかい、ごろちゃんのセレクトは喜ばれると思うで」

良平の言葉があながち世辞ではなかったことは、それから三時間ほどして到着した良平の実家で証明された。

「まー、ごろちゃん、これ、食べてみたかったんよ。さすがやわ」

「ほんま、よくできた嫁やねえ」

到着時間を良平がおふくろさんに伝えていたからだろう。実家では二人の姉がきらきら光る目で待ち受けていて、久々の邂逅《かいこう》ゆえの緊張状態に俺を陥らせた。

「法事は明日やで。何しにきたんや」

良平があからさまに嫌そうな顔になり、歳の離れた姉二人を睨む。

「偉そうな口、叩きよってからに」

「ええんか？　あれもこれも、ごろちゃんにバラすで？」

だが姉二人も負けてはおらず――どころか圧勝で、良平は、

「勘弁してや」

と早くも泣きを入れていた。

「あれからもう一年やなんて、ほんま、月日の経《た》つのは早いねえ」

居間で姉二人に良平、それにおふくろさんと俺でお茶を飲むことになったのだが、さつきさんがしみじみした口調でそう告げたのに、皆、一様にしんとなる。

「帰りたい、言うとった家に帰ってこられて、お父さん、嬉しそうやったなあ」

「せやな。亡くなる直前まで笑ってはったもんな」

美緒さんとさつきさん、二人して潤んだ瞳を見交わし微笑んでいる。

最期《さいご》の瞬間には俺も立ち会わせてもらった。身内でもないというのに申し訳なかったなと、そのときのことを思い出していた俺の耳に、さつきさんの涙の滲む声が響く。

「思い残すことは勿論あったやろうけど、子供たちの行く末はまあ、全員安泰やし、安心して旅立てたんやないかと思うわ」

「安泰かなあ。さっちゃん、よう夫婦喧嘩《けんか》しとるの、お父さん心配しとったで」

美緒さんが横から茶々を入れるのに、さつきさんが、

「それ言うたら」

と意地悪く言い返す。

「美緒かて、実家に帰ってくるんが頻繁すぎる、言うて、お父さん心配してはったで」

「ウチは夫婦円満やもん」

「どうだか」

「あんたら、そないなこと言うたらお父さんが天国で心配せななららんやないの」

二人の軽い諍《いさか》いをおふくろさんが諫《いさ》める。

「冗談やて」

「そうそう。お父さん、心配せんかてええよ」

さつきさんと美緒さん、二人してそう笑ったあと、

「で」

と視線を俺へと向けてきた。

「え」

二人の好奇心溢《あふ》れる視線を前に、ついたじたじとなってしまいながら問い返す。

「あの、なんでしょう」

「ごろちゃんと良平は、喧嘩なんてせえへんの？」

「挨拶《あいさつ》のたびにチュウて、まだしてはるん？」

「な……っ」

なんでそれを、と動揺しまくりながらも、出所は一つしかないと俺は思わず良平を怒鳴りつけてしまった。

「あのなあ……っ」

「ええやん。ほんまのことなんやし」

良平は、何か問題でもあるのかとでもいうような明るい口調で俺の怒声を受け止める。

「ほんまって……っ」

「あらあ、ごろちゃん、良平の関西弁がうつっとる」

「やー、ラブラブやねえ」

ここでまた、言葉尻をとらえるようなからかいが姉二人から入り、俺から声を奪っていった。

「お父さん亡くなって一年経つし、そろそろ結婚式挙げてもええんちゃう？」

いきなり何を言い出すのだ、というさつきさんの発言に、

「せや！　すっかり忘れてたわ！」

と美緒さんが乗りまくる。

「結婚式はその……」

　挙げる予定もなければ、挙げるつもりもない。そう伝えようとした俺の言葉など、この場にいる誰もが聞いちゃいなかった。

「なんやったっけ。ハワイ？」

「せやせや。二人して白のタキシードやったね」

「で、披露宴は日本で」

「松崎しげる呼んで『愛のメモリー』な」

「あら？　ゴスペラーズやなかった？」

「あれからまた歌手も芸人もよさげな人出てきたよって、仕切り直しもええかもしれん」

「せやなー」

　俺も、そして良平も置いてけぼり状態で、さつきさんと美緒さんの間で話が盛り上がっていく。

「『愛のメモリー』は外しとうないわ」

「しげるていくらくらいで来てくれるんやろね」

「ツテがあればなあ」

「いっそテレビの番組にでも応募しよか。『あなたの願い、かなえます』みたいなんに」

「ナイスアイデア！　やね」

「すみません、それは勘弁してください」

このままでは本当に応募されかねない。慌てて話を遮ったが、もはやさつきさんと美緒さんを止められる人間はいなかった。

「事務所に電話入れて聞けばええんちゃうの」

「せやな。それよりどこで披露宴をやるか、やわ」

「やっぱりホテルで」

「ええなあ。大阪やのうて東京がええかもな」

「せや。良平もごろちゃんも招待客は東京に多いやろうし」

「いや、だからその……」

なぜに披露宴をやるという前提で話が進むのだと、必死で会話を途切れさせようとしたが無駄だった。

「衣装は？」

「結婚式が白やからね。披露宴はやっぱり黒燕尾《くろえんび》やろ」

「それまでにタンゴ、マスターできるやろか」

「二人のデュエットダンスもええけど、群舞も見とうない？」

「富岡《とみおか》君にでも声かけて、友達集めてもらうんはどやろ」

「ええなあ」

「よくないですけどっ」

前も似たような展開になったが、なんで披露宴で黒燕尾を着用し、タンゴを踊らなならんのかと思う。

しかも群舞で、と、いかに自分たちが突拍子もないことを言っているか、知らしめようとした俺の前で、

「ああ、でも」

と美緒さんが悪戯《いたずら》っぽい顔になる。

「富岡君はごろちゃんが好きやさかい、群舞やのうて当て馬役を振ったほうがええかも」

「それもええなあ」

「横恋慕されとるんですか」

相槌《あいづち》を打つさつきさんの横から、おふくろさんまでもが話題に乗ってきてしまった。

「いえ、そんな事実は……っ」

あるけど、ここは『ない』と言ったほうがいいだろうと、否定しようとした俺の声にかぶせ、

「ヅカの舞台でありがちな刃傷沙汰《にんじょうざた》、ええかもな」

「ナイフで良平が刺されるんやろ？　ええな」

姉二人は、観劇を趣味にしているという宝塚の話題ですっかり盛り上がっている。

「ちょっと待ってや。僕が刺されるのはあかんやろ」

聞き捨てならない、と良平までもが参加する。

「そやし、天国でのデュエットダンスが定番やもん」

「天国やのうて現世でごろちゃんと幸せになりたいわ」

「それよりあんた、タンゴの練習しときや」

すっかりノリノリになってしまった良平を交え、その後俺たちの『結婚式』という名のステージの話は大いに盛り上がり、ついにはおふくろさんをして、

「ああ、早く見たいわ」

と感嘆の溜め息をつかせるまでに至ってしまった。

やれやれ、と思いつつも、良平との仲をこうも祝福してくれているさつきさんや美緒さん、それにおふくろさんの笑顔を見る俺の胸に、熱いものが込み上げてくる。

歳の離れた末っ子は、姉たちにとって——何より母親にとって、それこそ掌中の珠《たま》ともいうべき大切な存在だっただろうに、そのパートナーが俺では本当に申し訳ないと思わずにはいられない。

でも——だからこそ、絶対に良平には常に幸せを感じていてもらえるよう、頑張りたい。

逆にいつも幸せにしてもらっているのは俺で、そのことも申し訳なく思うのだけれど、と心の中で呟いた俺の声が聞こえたわけではないだろうが、良平が、

「まあな」

と満面の笑顔になり、俺の肩を抱いてきた。

「来世でも現世でも、僕らは幸せを極めるよって。姉貴たちもせいぜい頑張りや」

「あんたほんま、感じ悪いなぁ」

「憎らしいこと言うとると、ほんまに『あのこと』ごろちゃんにバラすで」

途端に鬼の形相になったさつきさんと美緒さんが、二人して良平を攻撃し始める。

「うそ、うそです。すんません」

「今更謝っても遅いわ」

「ごろちゃん、良平、小学校三年にもなってお漏らししたんやで」

姉たちの剣幕に押され、慌てて両手で二人を拝んで詫《わ》びる良平を、そしてさらなる剣幕で彼を罵《のの》り、その上秘密を暴露し始めた姉を、

「そない騒いだら近所迷惑やろ」

ほんまに、とそんな子供たちを優しげに見守るおふくろさんを見やる俺の胸に溢れる熱い思いは、今にも涙となって目からこぼれ落ちそうになっていた。

愛情に満ちた家族がここにいる——そしてその家族が皆して、俺を受け入れてくれている。

これ以上の幸せはない。まさに現世での最高の幸せを胸に俺は、わいわいと騒ぐ良平の——そして俺の家族を、溢れそうになる涙を堪《こら》えながらただただ見つめていた。

夜になり、良平の実家には長兄の康嗣さんが顔を見せた。

途端に姉二人が不愛想な顔になり、

「帰るわ」

と立ち上がる。

「あんたら、明日は喧嘩したらあかんよ」

おふくろさんのフォローにも、姉たちは、

「よう知らん」

「悪いのは兄さんやろ」

と捨て台詞《ぜりふ》を残し、本当に帰途につくようで玄関へと向かってしまった。

「あの……」

もしかして二人が急に不機嫌になったのは、俺が法要への参列をとりやめたことに理由があるのでは、と心配になり、慌ててあとを追いかける。

「ほんま、かんにんな」

靴を履きながらさつきさんが俺に詫び、履き終えた美緒さんはなんと、俺に向かい深く頭を下げて寄越した。

「か、顔上げてくださいっ。謝られることなんてぜんぜんないですから……っ」

慌ててそう言い、美緒さんの顔を覗《のぞ》き込む。

「ほんま、頭の固い兄貴や。あの柔軟性のなさやったら、会社もこの先どうなるかわからへんね」

肩を竦《すく》めるさつきさんに、

「ほんまやわ」

と美緒さんも同調する。

「良平が継げばよかったんや。人望かて、兄さんよりよっぽどあるんちゃう?」

「せやせや。兄さんは社長の器やないわ」

「あんたら、ええ加減にしなさいよ」

と、ここで俺の背後から、いつの間にか玄関までやってきていたおふくろさんが二人を諌めた。

「せやかて」

「お母さんからも言うたってや。兄さんの考えは古いて」

それでも口を尖《とが》らせ、文句を言う二人を、

「あん子はあん子で悩んどるんやから」

とおふくろさんは尚《なお》も諫め、

「さ」

と二人に帰宅を促した。

「あんたらも、明日は朝早いんやから。寝坊せんようにちゃんと来るんやで」

「わかってるわ」

「あ、旦那の式服、出してへんかったわ。なあ、子供たちには何着せる？」

「制服でええんちゃうの？」

「ウチの子の高校、制服ないんよ」

「そら困ったなあ」

二人の間でまた会話が始まるのを、

「ほら」

とお袋さんが打ち切らせ、

「外まで送るわ」

とサンダルを突っかける。

「お母さん、ええよ」

「ちゃんと帰るさかい」

さつきさんと美緒さんは、慌てておふくろさんをとめると、

「それじゃ、ごろちゃん。またな」

「今度東京に遊びに行くわ」

俺にも挨拶してくれ、二人して玄関を出ていった。

「ほんま、あのままやったら、一晩中、ここで立ち話しとったんやないかしら」

おふくろさんが、やれやれ、というように肩を竦め笑ってみせる。

「……仲がいいですよね」

相槌の打ち方に迷いそう言うと、

「歳の近い女の子同士やしね」

おふくろさんは笑ったあと、不意に真面目な顔になり俺を見上げてきた。

「あの？」

何か言いたいことがあるのかと気づき、良平と兄が対座している居間に戻ろうとしていた足を止め、おふくろさんと向かい合った。

「かんにんな」

おふくろさんがそう言い、頭を下げる。

「な……っ」

頭を下げてもらう理由など何一つない。俺は慌てておふくろさんの上腕にそっと手を添え、腰を屈《かが》めて顔を覗き込んだ。

「謝らないでください。参列はしないと俺から言い出したんです。やっぱりマズいと思うし、お父さんの顔に泥を塗るわけには……っ」

「別に『泥』とは、康嗣も思うてへん、思います」

おふくろさんはようやく顔を上げたが、その顔にはこれでもかというほどの罪悪感が溢れていて、そんな表情をさせてしまったこと対する、それこそ罪悪感から俺の胸は酷く痛んだ。

なんとか彼女の顔に笑みを戻したい。必死で考えながら口を開く。

「本当に、なんというか、すぎるほどの幸せをみなさんからいただいているんです。冗談半分ではあったけど、良平が言っていた、現世でも来世でも幸せを極めるって、あれ、俺、果たせてるんです。おかあさんや、お姉さんたちのおかげで……っ」

「……ごろ……ちゃん……」

おふくろさんが唖然《あぜん》とした顔になり、俺の名を呼ぶ。

「……え？」

俺の名――今まで彼女は俺を『田宮《たみや》さん』としか呼んだことがなかった。

なのに今、なんと呼んだ――？

唖然としてしまった俺の前で、おふくろさんは、はっと我に返った顔になると、

「ああ、かんにん」

と慌てた様子で言葉を続けた。

「良平も、それにさつきや美緒もそう呼んではるもんやから……」

「いや……嬉しい……です」

笑おうとしたが、うまくいかなかった。涙が滲みそうになり、ぐっと唇を噛《か》んで堪える。

「どないしたん？」

いきなり涙ぐんだからだろう。今度はおふくろさんが驚いて俺の腕を掴み、顔を見上げてきた。

「いえ……なんか、嬉しくて……」

言葉を発すると涙がこぼれてしまう——案じていたとおり俺の目尻を一筋の涙が伝った。

「嬉しい？　私らが『ごろちゃん』て呼ぶんが？」

おふくろさんは不思議そうに問いかけつつも、すっと手を伸ばし、頬を伝って流れる俺の涙を指先で拭《ぬぐ》ってくれる。

「はい……家族みたいで……」

大きななりをして恥ずかしい。そう思っていたはずなのに、そのとき俺の目からは、おふくろさんの指先では拭いきれないほど、はらはらと涙がこぼれ落ちてしまっていた。

「……ごろちゃん……」

俺の頬を両手で包んでくれたおふくろさんの目も酷く潤んでいる。

「……みたい、やないわ。『家族』や思うてますよ」

にっこり、と微笑んでくれたおふくろさんの前で俺は、嗚咽《おえつ》すら漏らしてしまいそうになるのをぐっと堪えていた。

「洗面所で顔、洗ってらっしゃい」

そんな俺の背をおふくろさんが促してくれる。

「……ありがとうございます……」

「私もね、嬉しかったわ」

おふくろさんの温かな手が背中にある。

「え？」

「『おかあさん』て呼んでくれはったとき。泣きそうやった」

問い返した俺の横で、おふくろさんは少し照れたように微笑んでいた。

「……あ……」

確かに『おかあさん』という言葉を口にした、と自身の発言を思い起こしていた俺の目にまた、涙が溢れてくる。

「ほんま、ごろちゃんは泣き虫やね」

良平の小さな頃とそっくりや、とおふくろさんが――おかあさんが、俺の背をとんとんと叩いてくれる。

「……すみません……」

「謝ることやないよ」

またも溢れる涙を拳《こぶし》で拭う俺の背を、おふくろさんは洗面所に到着するまで、それは優しくとんとんと叩き続けてくれたのだった。

3

翌日、俺は予定どおり法事には参列せず、良平とは夕方に予約した新幹線のホームで待ち合わせることになった。

「ごろちゃん……」

申し訳ながる良平と、それにおふくろさんに、

「俺こそ、参列しないでごめんな」

と謝り、彼らが出るより前に高梨《たかなし》家をあとにした。

一般参列者として参加するという道もないではなかった。が、それも高梨家の皆に気を遣わせるだろうし、何より長兄の康嗣さんが俺の顔を見ればあまりいい思いをしないだろうとわかっていたので、参列自体を遠慮することにしたのだ。

康嗣さんとは昨夜、良平と一緒に少しだけ酒を飲んだ。どうということのない会話をしたくらいだが、俺が来ていると知り、わざわざ顔を見せてくれたようだ。

それが彼の意志なのか、それともおふくろさんに頼まれてのことなのかは、結局わからなかった。

良平はぶすっとしていたが、康嗣さんはさすが大人といおうか、企業の経営者といおうか、俺に対しても良平に対してもにこやかに対応していた。

——が、彼が俺の目を真っ直ぐに見た回数は、ゼロだった。

法事についての会話は一切なされなかった。良平が話を振ろうとしたが、俺がやめさせた。せっかくの親父さんの一周忌だ。兄弟でいがみ合ってほしくなかった。

そんなわけで、早朝から一人、大阪の街に繰り出すことになった俺は、どこに行こうかと少し考え、ミナミの繁華街に行くことにした。

大阪はまったく知らない場所ではない。出張で何度か来たこともある。大阪支社にも親しい人間が転勤したばかりだったが、休みの日に呼び出すのも悪いかと思い、以前支社の人間につれていってもらった繁華街を一人で歩いてみようかなと思ったのだった。

日曜日だが、まだ午前中の早い時間だったので、道頓堀《どうとんぼり》周辺もそう混雑してはいなかった。ベタ、と思いつつグリコの看板でも見に行こうかと周囲を見渡した俺の耳に、仰天した様子の男の声が響いた。

「田宮さん？　田宮さんやないですか」

「え？」

さっきも言ったが大阪に知り合いは皆無じゃない。だが、咄嗟《とっさ》には誰の声とわからず、響いてきた方角を振り返る。

「あ」

そこに立ち尽くす若者の姿を見た瞬間、あまりに懐かしいその姿に俺の中で一気に時が遡《さかのぼ》った。

「小池《こいけ》さん！」

駆け寄ると彼も——小池も満面に笑みを浮かべ、俺に駆け寄ってくる。

「お久しぶりです」

「本当に！　勤務中……ですよね？」

本当に懐かしそうに笑いかけてくれる彼に、俺もまた笑い返す。

「ええ、まあ。でもええですわ。田宮さんは？　一人ですか？」

弾んだ声を上げながら問いかけてくるこの小池という若者は、大阪府警の刑事だった。

初対面の時点で終わっていれば、こうも親しみを覚えることはなかっただろう。というのもその『初対面』が、彼から府警で取り調べを受けた、というものだからだ。

犯人扱いされたその取り調べはとても友好的といえるようなものではなかった。ちなみにそのまま逮捕されそうになっていた俺を救ってくれたのが、偶然大阪府警に来あわせていた良平だったのだが、それはともかく、俺は懐かしい小池刑事を、もう一年以上ぶりになるのかと見返し、

「はい」

と頷《うなず》いた。

「そしたら、ちゃーしましょう」

「えっ？　小池さん、勤務中じゃあ……」

にこにこ笑いながら俺の背に腕を回してくる彼に一応確認をとる。

「大丈夫。こないな偶然、そうそうないですから」

「……まあ、そりゃそうですけど……」

本当に大丈夫なのかなと案じつつも俺は彼に促されるまま、小池曰《いわ》く、コーヒーがまあまあ美味《おい》しいという喫茶店で彼と向かい合うことになったのだった。

「元気でしたか？　大阪にはどうして？　お仕事ですか？　ああ、でも今日は日曜日ですもんね。もしかして高梨警視とご一緒ですか？」

席についたとたん、まさにマシンガントーク、とばかりに小池刑事が質問を始める。

「げ、元気です。りょうへ……高梨警視のご実家で法事があるので、一緒に来たんですが、ええと……」

あとは何を聞かれたっけ、と質問を聞き返そうとすると逆に、

「法事？」

と問い返されてしまった。

「え？　あ、はい」

「今日?」

「はい」

「田宮さんは?」

「俺はその……」

参列はしないので、とごにょごにょと語尾を誤魔化すと、どうやら小池刑事はそれで察してくれたらしく、話題をいきなり変えた。

「大阪、初めてですか?」

「いや、仕事で何度かは……」

だいたい俺たちの出会いの場所は大阪じゃないか、と思いながら答える。

「ああ、そうでした。大阪支社で待ち伏せて田宮さんを任意同行したんでしたもんね」

小池も思い出したようで、バツの悪そうな顔でそう言うと、

「あんときはすんませんでした」

と深く頭を下げて寄越した。

「いや、そんな……」

昔のことじゃないか、と俺は慌てて首を横に振り、それより、と他に話題を振る。

「本当によかったんですか? 今、仕事中ですよね?」

「ええんですよ。ほんま、安月給でこきつかわれとりますさかい」

少しくらいさぼらんとやってられへん、と小池は笑ったあと、

「ああ、高梨警視には内緒ですよ」

と急に小さな声になったものだから、思わず吹き出してしまった。

「言いませんよ」

「よかった」

小池がにこ、と笑いコーヒーを啜《すす》る。無骨な顔をしている彼だが、笑うと途端に愛嬌《あいきょう》のある顔になる。それにしても懐かしいな、と俺は以前、東京で顔を合わせたときのことを思い出しつつ、彼に近況を聞いた。

「忙しそうですね」

「まあ、俺らが暇になるんが、社会的にもええんでしょうが、なかなかねえ」

小池が肩を竦め、現況を嘆いてみせる。

「あれから東京へはいらっしゃいました？」

「いやあ、出張はないです。ほんまやったら休みとって行きたいんやけど」

ほんま、休むどころやあらへん、と口を歪《ゆが》めた彼を見て、俺はふと思い出したことを問うてみた。

「そういえば中央線沿いに何か用事があったんじゃなかったでしたっけ」

「えっ」

俺の言葉は思いの外、小池を驚かせたらしい。大きく目を見開いたかと思うと、

「なんで……?」

と問いかけてきた彼の声は酷く掠れていた。

「あ、いや、だってほら、中央線で会ったじゃないですか」

墓参をする俺に付き合ってくれた彼は、何か目的があってあの路線に乗っていたように思えた。結局小池は用件を言わず、俺も聞かなかったが、もしや聞いてはいけないことだったのかと気づき、また話題を変えようとする。

「ええと」

「ああ、すんません。そうなんです。実は人を探しとりまして」

だがそれより前に小池が頭をかきつつ、そんなこと、俺に言ってもいいんだろうかという話をし始めた。

「俺の両親は俺が赤ん坊の頃に離婚しとるんやけど、母親があの路線沿線に——杉並区《すぎなみく》、いうとこに住んどるかもしれんいうことやったんで、目的もなく乗っとっただけですわ」

「……すみません」

話したくなかっただろうにな、と猛省し、今度こそ俺は話題を変えようとしたのだが、またも小池に先を越された。

「父親がもう亡くなっとりますさかい、母親の居場所はようわからんのですけどね」

「……そう、ですか……」

なんと相槌を打っていいかわからず、曖昧《あいまい》に頷く。と、小池は不意に我に返った顔になり、

「ああ、すんません」

と慌てて頭を下げてきた。

「こないなこと言われても、リアクションに困りますわな」

「いえ、そういうわけじゃなく、俺なんかが聞いてもいいのかなと……」

「謝らんといてください。コッチが勝手に話したんやないですか」

小池が笑いながら手を伸ばし、頭を下げていた俺の肩をぽんと叩く。

「母親を探しに行きたいいう気持ちはあるんですけどね、休みがなかなかとれへんことを理由に、あれ以降、東京の土は踏めてません。でもまあ、忙しいんを理由にしとるだけのような気もします。記憶がないような状態のときに別れとるもんで、向こうは俺のことなんぞ覚えてへんやろ、とか、いきなり会いにいっても迷惑なんちゃうか……とか。女々しいなあ、と自分でも思うんですけどねえ」

これぱっかりは、と苦笑する小池を前に俺は言葉を失っていた。

「ああ、すんません。なんで俺、こないな話を田宮さんにしとるんやろ」

ほんま、申し訳ない、と小池が頭をかく。

「あの……」

それこそ余計なお世話だろう。そう思ったにもかかわらず、俺の口が動いていた。

「はい？」

「よかったら手伝わせてください。お母さんの行方《ゆくえ》を探すのを……」

「ええっ？」

小池が仰天した声を出す。かなり大きな声だったので店内中の注目を集めてしまったが、彼にとってはそんなことはまるで気にならないようだった。

「田宮さん、今、なんて？」

更に大きい声を出し、身を乗り出して俺に問いかけてくる。

「杉並だったら俺、長年住んでましたんで少しは土地勘あります。俺でよかったら手伝いますんで、どうかおっしゃってください」

「…………田宮さん……」

やはりおせっかいだったのか、小池は俺の言葉を聞いたあと、名を呼んだきり絶句してしまった。

「……気を悪くされたんだったらすみません」

「せやないです。あまりに感動してもうて」

頭を下げた俺の耳に、慌てた様子の小池の声が響く。

「感動？」

何に、と目を見開くと小池は、

「せやかて」

と更に身を乗り出し、熱く訴え始めた。

「俺と田宮さん、一回……ちゃうな、二回くらいしか会《お》うたことないやないですか」

「ええと、三回くらいですかね」

偶然の邂逅でそのくらいは会ってるかも、と記憶を辿《たど》る。

「二回でも三回でもええですが」

小池は吹き出しつつも話を続けた。

「なのに、なんで？　なんで俺の母親探し、手伝うなんて言うてくれはるんですか」

「いや、理由は別に……小池さんは知らない人じゃないし、それに杉並はさっきも言いましたが、土地勘あるんですよ。だから俺にできることだったらと」

「……田宮さん、ほんま、天使ちゃいますか？」

「はあ？」

『馬鹿じゃないか』と言いそうになるのを俺はぐっと堪えた。

「小池さん、からかってます？」

「とんでもない。マジ中のマジです。ええ人すぎますよ、田宮さん」

てっきりからかわれたものだとばかり思ったのに、どうやら小池は本気で感激しているようで、俺の手をとらんばかりにして感謝の言葉を口にする。

「手伝ってもらえるんやったら、ほんま、心強いです。なんや背中を押してもらえたような気がします」

「……それなら……よかったです」

おせっかいと思われたのではなかった。そればかりか『背中を押してもらった』と言ってくれた。

よかった、と安堵《あんど》すると同時に、俺にできることならなんでもやってやろうというやる気が胸に溢れてくる。

「ありがとうございます、田宮さん」

「礼なんて言わないでください。見つかるといいですね、お母さん」

そう言うと小池は、少しくすぐったそうな顔をしたものの、

「はい」

と頷いてみせた。

葛藤《かっとう》はあるのだろう。だがその葛藤を超えるのが肉親の情というものなのではないかと思う。

少なくとも自分はそう思っている、と一人頷いていた俺に、小池が問いかけてきた。

「田宮さんのお母さんは」

「実の母は亡くなりました。義理の母は今、弟と一緒に北海道にいます」

「義理の……」

小池は詳細を聞きたそうな顔をしたが、悪いと思ったようですぐ、質問を変えてきた。

「お父さんは」

「亡くなりました」

「……す、すみません」

小池が困った顔になり頭をかく。

「いや、そんな」

気にしないでください、と笑うと小池が、なんともいえない顔で微笑み、ぼそりと告げた。

「俺以外のみんなはなんちゅうか、親も兄弟もおって温かい家庭を築いとるいうんが当たり前やと思うてました」

「……まあ、いろんな人がいますよ」

小池の言いたいことはわからなくはなかった。俺もまた父を亡くしたばかりの頃は、俺ばかりが不幸のただ中にあると思いがちだった。

俺にとっては幸いなことに、そんなひねくれた心を癒してくれる存在が――兄の和美《かずみ》が、弟の俊美《としみ》が、それに義母がいた。

小池の家族構成はわからない。が、今の言葉から、彼は天涯孤独の身の上だったのではないかと思う。

唯一の肉親がまだ、この世に存在している——しかもそれは血を分けた母親だ。会いたいと思わないわけがない。

その手伝いができるのなら、と俺は彼に向かい、大きく頷いてみせた。

「なんでも言ってください。なんでもやりますから」

「田宮さん……」

小池が感極まった顔になる。

「ありがとうございます……」

「お礼はちゃんと役に立ってから言ってくださいよ」

泣きそうな顔をしている小池に、感動するのは見つかってからにしよう、と声をかける。

「……いや、その気持ちだけでほんま、嬉しいです」

くしゃくしゃ、と小池の顔は歪んだが、すぐに俯《うつむ》いたために俺の視界からは消えた。

見てはいけない。ここは気づかないふりをするのが優しさというものだ。

「そうだ、携帯の番号とメールアドレス、書きますね」

ポケットを探り、手帳とペンを取りだし、ページを破って携帯番号とメールアドレスを記す。

「俺、大学に入ったときから、ずっと杉並に住んでたんですよ。最近引っ越すことになっちゃいましたが。杉並、いい街ですよ。十年以上住んでましたけど、阿佐ヶ谷《あさがや》は七夕祭りがあるし、高円寺《こうえんじ》は阿波踊りがある。今度小池さんが上京されるときには案内します。荻窪《おぎくぼ》には美味《うま》いラーメン屋もありますしね」

喋《しゃべ》りながらこっそり小池を窺《うかが》い見ると、そっと目をこすっているところで、まだ見ちゃいけないか、と俺は書いたメモに目を落とした。

「ありがとうございます。有休とれるよう、頑張りますわ」

ようやく涙も収まったようで、小池が明るく声をかけてくる。

「それじゃ、ここに電話かメール、ください」

待ってますんで、とメモ用紙を渡すと彼はすぐ携帯電話をポケットから取り出し、俺に電話とメールをしてくれた。

「携帯番号、ゲットです」

「あはは、俺も小池さんの番号とメルアドゲットです」

小池刑事、とアドレス帳に登録してから顔を上げ、笑いかけると、同じく携帯をいじっていた小池も顔を上げ、笑い返してくれた。

「これから、どうします？　よかったら大阪、案内しますよ？」

「そんな、小池さん、仕事中なんですよね？」

いいですよ、と断ると、

「いやいや、かまいませんて」

と小池が笑顔のまま首を横に振る。

「いや、かまいます。大阪府民のためにも、サボっちゃいけません」

「えー」

「『えー』じゃないですよ。真面目に働いてください。有休、とるんでしょ」

「……そうっすよね」

そうだった、と小池が顔を顰《しか》める。

「さあ、仕事仕事」

「田宮さん、藤本《ふじもと》さんみたいやわ」

「藤本さんって？」

「上司ですわ。落としの藤本言うて、凄い人なんですよ」

またも話が長くなりそうになるのを、

「それはまた、休暇のときにでも」

と打ち切ると、伝票を手に立ち上がった。

「ここは俺が払いますわ」

「いいですよ。俺のほうが年上だし」

「えっ？　田宮さん、いくつでしたっけ」

会話を続けながら会計へと進み、俺がコーヒー代を払う。

「ごちそうになるなんて悪いですわ」

「いいですって。今度東京でおごってください」

「勿論」

恐縮していた小池も、俺の言葉に笑顔になった。

「それじゃ」

「また、連絡させてもらいますんで」

喫茶店の前で小池と別れ、道頓堀にあるグリコの看板目指して歩き始める。

「田宮さん、ありがとうございます」

背中で小池の声が響いた。振り返り手を振ると彼は、満面の笑みを浮かべ手を振り返してくれた。

大阪に来てよかった――改めてその思いが胸に込み上げてくる。

小池と友好的な関係を築くことができたのは、良平のおかげだった。良平が彼をウチに連れてきてくれたのだ。

その彼とまたこうして出会い、話をすることができた。良平がいなければ俺は小池を、酷い目に遭わされた相手としてしか認識していなかっただろうし、彼もまた、容疑者になった男、としてしか俺を見ていなかったはずだ。

人間関係というのは実に面白いと思う。そんな二人が今、笑顔で手を振り、再会を約束しているのだ。

なんだかこういうのはいいよなあ、と自然と微笑んでしまっていた俺の脳裏に、良平の笑顔が浮かぶ。

良平と会ったら真っ先に、小池に会ったことを伝えよう。彼の母親探しに手を貸したいと言えば、良平も確実に、

『僕も手伝うわ』

と言ってくれるはずだ。

血の繋《つな》がった肉親との絆《きずな》も勿論深いが、まさに人の出会いは一期一会。そうして出会った人々との絆もまた、深いはずだ。

袖《そで》振り合うも多生の縁。そんな『縁』を大切にしていきたいな、と思いながら俺は道頓堀をいい気分のまま歩き続けた。

4

「ごろちゃん！」

お互い、帰りの新幹線の切符はそれぞれ持っていた。なので、車中で待ち合わせるとしていたのに、良平はホームで俺が来るのを待ち受けてくれていたようだった。

「ごめん、待った？」

「待ってへん。僕も今来たとこや」

発車時刻までまだ十分以上ある。今来たと言いつつ、きっとかなり前から待っていてくれたんだろうな、と俺は良平が手に持っている缶ビールの入ったビニール袋やお弁当の包みを見て、心の中で、またごめん、と詫びた。

「ビールはそこで買うたんやけど、弁当はおふくろが持たせてくれたんよ。いらんて言うたんやけどなあ」

「おふくろさんが？　もしかして手作りとか？」

法事で忙しいときに、と恐縮する俺に良平が、

「いや、法事んときのお弁当や」

そやし、気にせんといて、と笑った。

「そうか」

「そしたら乗ろか」

良平に促され、新大阪発ゆえすでに入線していた新幹線に乗り込もうとしたそのとき、

「良平」

彼を呼ぶ声が辺りに響き、俺も、そして良平も、声のしたほうを振り返った。

「あ」

「兄さん」

見覚えがありすぎるシルエットに、俺と良平、二人の口から声が漏れる。

「どないしたん？　まさか、思うけど見送りに来てくれはった……とか？」

戸惑いまくる良平に対し、彼の兄――ずいぶんと年長の兄の康嗣は淡々としていた。

「そうだ。今、少しいいか？」

「ええけど……」

良平が戸惑いつつも、ええか？　と俺の顔を見る。

「…………」

勿論、と俺が頷いたのを見てから、康嗣さんが口を開いた。

「今日は申し訳なかった。親族のみの式典だったら、こうもナーバスにならへんかったんや

けど……いや、すべて言い訳やな。ほんま、申し訳なかった」

俺と良平に向かい、康嗣さんが深く頭を下げる。

「そんな、別に謝ってもらうようなことじゃ……っ」

慌てた声を上げたのは俺だけだった。

「三回忌は？　どないするつもりなんや」

良平がぶすっとした表情のまま兄に問いかける。

「三回忌は来年やからな。会社関係の人間にはまだ声かけなあかんやろう」

「さよか」

憮然《ぶぜん》とする良平に、そんな顔をするな、と袖を引っ張る。

「……せやけど……」

むすっとして良平が呟く、その声にかぶせて俺は、

「当然の対応だと思うよ」

と告げ、本当にそう思っていますから、と康嗣さんへと視線を向けた。

「七回忌は、身内だけでやるつもりです」

康嗣さんは俺をやはり真っ直《ます》ぐ見返すことなく、ぼそりとそう告げると、手にしていた小さな包みを差し出してきた。

「？　あの？」

「これを……受け取ってください」

相変わらず目を伏せたまま、康嗣さんが低い声で告げる。

「なんや、これ」

手を出しかねていると横から良平が問いつつ、布に包まれたそれを手を伸ばして受け取った。

「お前にじゃない。田宮さんにだ」

康嗣さんがようやく顔を上げ、良平を睨む。

「わかってるて」

良平は口を尖らせてみせたあと、はい、と俺に袱紗《ふくさ》に包まれたそれを渡してきた。

「数珠《じゅず》？」

包みを開けると使い込まれた感じの数珠が出てきた。これを俺に？　と良平を、そして康嗣さんを見る。

「これ、もしかして……」

良平がどこか呆然とした顔で康嗣さんに問いかける。と、康嗣さんは相変わらず俯いたまま口を開き、あまりに驚く言葉を告げたのだった。

「それは生前、父が使っとったもので、形見分けの際、私が貰《もら》いました」

「えっ」

それを俺にくれるなんて、何かの間違いじゃないのか、とびっくりして目を見開く。

「兄貴」

良平も相当驚いたようで、呼びかけたきり声を失っていた。

「あの、そんな大切なもの、いただけません」

形見の数珠だなんて、と俺は慌てて包み直した数珠を康嗣さんに返そうと差し出した。

「いえ、貰ってください」

康嗣さんがきっぱりと告げ、俺の手を掴んで押し戻す。

「でも……」

「……貰ってほしいのです。私も……それに親父もきっと喜んでくれるでしょう」

康嗣さんは相変わらず俺の目を見てはくれなかった。が、俺の手を握った彼の手にはしっかりと力がこもっていた。

「……お兄……康嗣さん……」

胸が詰まり、うっかり『お兄さん』と呼びそうになる。

きっと嫌だろうからと名を呼び直すと、康嗣さんは初めて顔を上げ俺を見た。

「あの……ありがとうございます」

目が合った。その瞬間、もう我慢ができなくなった。

堪えていた涙がぼろぼろと頰を伝って流れ落ちる。

「す、すみません」

大の大人がこんな人目のあるところで、と慌てて握られていないほうの手で目を拭う。

「あ、いや……」

康嗣さんは相当びっくりしたようで――そりゃそうだ――呆然と立ち尽くしていたが、やがて我に返ったように俺の手を離すと、

「どうぞ」

とポケットから取り出したハンカチを差し出してきた。

「じ、自分のが……」

ありますので、と、今度は俺が顔を伏せてしまいながらぼそぼそ答え礼を言う。

「ありがとうございます」

「兄貴、ありがとな」

隣で響く良平の声にも涙が滲んでいるのがわかった。

「……礼など……」

ぼそ、と康嗣さんが答えたそのとき、新幹線の発車を告げるベルがホームに鳴り響いた。

「そしたら、また」

乗りなさい、そう言うように康嗣さんは一礼し、踵《きびす》を返した。

「ありがとうございます」

「ありがとな！」

その背に俺と良平、二人して大きな声で礼を言う。お兄さんは一瞬足を止め肩越しに振り返ったものの、すぐに難しい顔になり、早く乗れ、と目で新幹線を示してみせた。

「あかん、ほんま、乗り損ねそうや」

良平が赤い目をこすりながら俺の背を促し、乗車口へと向かう。貰った数珠をしっかりと握り締め乗り込んだ直後、背中でドアが閉まった。

小さな窓からホームを見ると、ちょうど康嗣さんを追い越していくところで、康嗣さんは足を止め新幹線を見送ってくれていた。

「兄貴は不器用なんやな」

背後でぼそ、と良平が呟く。

「……兄貴の中の常識とはまだ折り合いがつけられへんのやろうけど、もう、ごろちゃんのことは『家族』と認識してくれてると思うで」

「…………ありがたい……よな」

またも涙が溢れてきたので、泣き顔を見られたくなかった俺は、既にホームを離れた車窓の景色を見たままそう言い、取り出していたハンカチで涙を拭った。

「ありがたい……せやね。兄貴もええとこあるわ」

良平はそう笑うと俺の肩を抱き、

「さ、席、座ろか」

と背後から顔を覗き込んできたのだった。


良平の官舎に到着したのは夜七時すぎとなった。

新幹線の中で、偶然小池刑事に会った話をすると、

「懐かしいな！」

と良平は声を弾ませ、様子を尋ねてきた。

生き別れの実母が東京に――杉並にいるかもしれないので、探そうと思っているという話を聞いたので、探す手伝いをすることにしたと伝えると、良平は俺が想像したとおり、当然のごとく、

「僕も手伝うわ」

と胸を叩いてくれたのだが、直後にぼそりと告げた、

「小池さんには悪いことしてもうたからな」

という言葉について、どんな『悪いこと』をしたのかといくら問いつめても「内緒」と教えてくれなかった。

「法事は？　つつがなく終わった？」

「もう、ぎょうさん人が来て疲れたわ」

親父さんの人徳なのだろう、葬儀の際にも何百人も弔問客が訪れたと聞いているが、一周忌の法要の参列者もかなりの数だったという。

「あの親父のあとじゃあ、兄貴も大変やろな」

しみじみとした口調で良平は呟いたが、すぐ、

「ま、兄貴ならなんとかするやろ」

と明るく笑う。

「せや、姉貴のとこの子供たちがごろちゃんに会いたがっとったで」

「ああ、かおるちゃん、だっけ？」

良平が子供の頃飼っていた犬と同じ名前のお嬢さんが確かいたっけ、と問うと、

「よう名前、覚えてたな」

良平は感心してみせたあと、

「さすが姉貴の子や。集まるともう、やかましいのなんの」

先が思いやられるわ、と本当に参った様子で肩を竦めてみせた。

女の子たちに囲まれ、途方に暮れている良平の姿を想像し、思わず笑ってしまう。

「今のうちに笑っとったらええわ。ごろちゃんもたじたじとなるで」

良平に脅かされるまでもなく、あのさつきさんと美緒さんのお子さんでは、とても太刀打《たち》ちできないと想像がつく。そう言うと良平は、

「来年には更にパワーアップしとるやろうしな」

と、心の底から参ったという表情になり、俺を笑わせてくれたのだった。

話は尽きなかったが、明日からの出勤に備え、洗濯をしたり風呂を沸かしたりしているうちに時間はすぎた。

新幹線の中で食べた仕出し弁当の量がかなり多かったので、夕食は作り置きのおかずで軽めにすませることにする。

「ごろちゃん、一緒に風呂、入らへん？」

食後に良平が誘ってきたが、

「入らない」

といつものように冷たく返し、後片づけをはじめた。

「入ろうて」

「入りません」

「今日は一緒に入りたい気分なんや」

「いつもだろ」

「ようわかってらっしゃる。なら入ろ」

「やだ」

「入ろうて」

「狭いからやだよ」

「ここの風呂は狭くはないやろ」

「やだったらやだ」

洗い物をしている間中――勿論手伝ってもくれていたが――良平に粘られ、白旗を揚げたのはいつものごとく俺だった。

「さ、入ろ」

嬉々《きき》として誘ってくる良平に、憂鬱さから、はあ、と溜め息を漏らしてしまったが、実際のところそう憂鬱に思っているわけではなかった。

これが良平に知られようものなら、ならああも拒絶せずともいいではないか、と突っ込まれるだろうが、やはり浴室でそうした行為をすることに対して抵抗があるのだ。

だって風呂場は風呂に入る場所だし、とぶつぶつ言いながらも俺は、ぱっぱと服を脱ぐ良平の隣で服を脱ぎ捨て、彼のあとに続いて浴室へと入っていった。

浴槽に浸《つ》かる良平とは一緒に入らず身体を洗おうとする。

「ごろちゃんも入ろ」

「狭いからいや」

「狭くないて」

ここでまた一悶着《ひともんちゃく》があったのは、一緒に浴槽に浸かった場合、百パーセントといっていい確率でエッチなことをされるからだった。

まあ、一緒に風呂に入った時点で百パーセント、そうした行為には及んでしまうのだけれど、流されてばかりはいられないと留《とど》まった——はずが、

「ええやん」

結局は良平に流され、二人して一緒に風呂に浸かることになってしまった。

「一泊二日やったし、疲れたやろ」

「いや、俺はそうでもない。良平こそ疲れたろ？　法事でたくさんの人に会って」

会話はしていたが、風呂の中で向かい合うのはなんとなく躊躇《ためら》われたので、背後から良平に抱かれるような形で浸かっていた。

「そうでもないよ。あー、姉貴たちの話し相手するんは疲れたかなぁ。ごろちゃんも昨日、疲れたやろ？」

「疲れたっていうか……」

圧倒された、と笑おうとしたそのとき、良平の手がすっと俺の胸を撫で上げたものだから、俺はその手を摑み、肩越しに振り返って良平を睨んだ。

「疲れたんなら悪戯しないで、ゆっくり湯船に浸かってろよ」

「悪戯やないよ」

良平が俺の手を簡単に振り払い、またも胸をまさぐり始める。

「やめろって」

「悪戯やなくて、愛情表現」

「何が愛情……っ」

ここで俺が息を呑《の》んでしまったのは、両方の乳首を同時に摘《つま》み上げられたためだった。うっかり声が漏れそうになったのを堪えたので言葉が途切れたのだ。

「やめろって！」

乳首を摘む良平の両手首を摑もうとしたらまた、きゅうっと抓《つね》り上げられた。

「あっ」

今度は我慢できずに声が漏れてしまい、自然と腰が捩れる。

男の胸に——俺の胸に性感帯があるなんてことは、良平に出会わなければきっと一生、知らずにすんだんじゃないかと思う。

女の子じゃあるまいし、乳首を弄られるのに弱いというのはどうなんだ、と羞恥を覚えるより前に、良平に両胸の乳首を攻められ、堪らず声を漏らし始めてしまっていた。

「や……っ……あっ……あぁ……っ」

浴室ゆえ声がやたらと反響し、まるで自分の声じゃないみたいに聞こえる。

引っ張るようにして乳首を摘み上げられたあとに、今度は肌にめり込ませる勢いで爪《つめ》を立てられ、また、強く抓られる。

次には爪の先で弾《はじ》かれたあと、また引っ張られ、と、両方の乳首を間断なくいじめられるうちに鼓動が上がり、四十度に設定している湯の温度よりも体温のほうが高くなっているんじゃないかというくらいに、肌が熱してくる。

「あっ……あぁ……っ……あっあっあっ」

反響し、天井から降ってくる声はやたらと甘かった。堪えきれずに身を捩るたびに、勃起した良平の雄が尻に、背に当たる。

欲しい——自然と俺の手は後ろへと回り、良平の雄に触れていた。

「……ごろちゃん……」

耳元で掠れた良平の声がしたと同時に乳首から指が外れ、腹を抱えられるようにして湯船の中で立ち上がらされる。

「欲しいんか？」

耳元で囁《ささや》かれると良平の息が耳朶《じだ》にかかり、ますますたまらない気持ちになった。

素の状態だったら羞恥が勝っていたと思う。しかしすっかり昂まりまくっている今の俺はまるで『素』ではなかった。

こくこくと首を縦に振り、再び手をのばして良平の雄を摑もうとする。

「ちょっと待ってな」

くす、と笑う声がしたと同時に、双丘《そうきゅう》を割られ、後孔に、ずぶ、と良平の指が挿入された。

「あっ」

背が仰け反り、口からは高い声が漏れてしまう。

「ごろちゃんの中、熱いわ」

はあ、と悩ましげに息を吐き出しながら良平は俺の後ろを手早く解し終えると、

「つかまっててや」

と俺に両手を湯船の縁につかせ、腰を突き出させるような格好をとらせた。

「……なんか……っ」

恥ずかしい、と言おうとした次の瞬間、良平の雄が押し当てられたのを感じ、息を呑む。

狭道をこじ開けるような感じで、良平の逞しい雄が捻じ込まれてくる。亀頭で内壁を擦《こす》られる摩擦熱が早くも俺の全身に回っていった。

「あぁっ」

一気に奥まで貫かれ、またも大きく背が仰け反る。

「いくで」

背後で良平の声がした直後に、激しい突き上げが始まった。

「あっ……あぁ……っ……あっあっあーっ」

濡れているために滑りそうになる浴槽の縁をしっかりと握り締め、もっと良平を奥に感じたい、と自ら腰を突き出した。

「……ごろ……ちゃん……っ」

良平はすぐに気づいてくれたようで、俺の腰をしっかりと両手で摑み支えてくれながら、激しく突き上げてきてくれる。

「あっ……もうっ……もうっ……あーっ」

俺の雄は勃ちきり、先端からは先走りの液が滴り落ちていた。

達したい。でも達せない。もどかしさが俺の身体をくねらせる。

達する方法など、知らないわけではない。だが行為に夢中になると思考力はゼロになり、本気で思いつかなくなるのだ。

自然と激しく首を横に振っていた俺は、勃起した雄を良平に摑まれ、はっとして彼を振り返った。

「一緒にいこ」

な、と良平が笑い、俺の雄を一気に扱き上げる。

「アーッ」

堪らず達し、彼の手の中に白濁した液をこれでもかというほど放ってしまった俺の耳に、

「……くっ……」

という低い声が響いたと同時に、後ろにずしりとした重さを感じた。

「………ぁぁ……っ」

宣言どおり、同時に達したんだな、と察する俺の胸に、熱い思いが溢れてくる。

「……ごろちゃん……」

背後から顔を覗き込んできた良平の唇に俺は自ら己の唇を寄せていった。

「ん……っ」

きつく舌を絡め合うくちづけを続けるうちに、俺の中でみるみるうちに良平の雄が質感を取り戻してくるのがわかる。

「……もう一回、ええかな？」

微かに唇を離し、良平が囁きかけてくるのに、俺は言葉ではなく、腰を突き出すという行為で『イエス』と答えた。

「おおきに」

心の底から嬉しそうに微笑みながら、良平がゆるゆると腰を前後させてくる。

礼なんて言う必要はない。だって俺ももっと良平が欲しいから——口に出して伝えることは恥ずかしくてとてもできないけれど、思いは伝えたいと俺もまた良平の動きに反するように腰を動かし、共に絶頂を目指そうという意志を行為で伝えようとした。

「ごろちゃん……っ」

察しのいい良平はまたもすぐ、それを感じ取ってくれたようだ。耳元で嬉しげに俺の名を呼んだかと思うと、律動のスピードを上げてくる。

「あっ……あぁっ……あっあっ」

先程と同じく自分のものとは思えない甘えた喘ぎが天井から降ってくるのを聞きながら、共に快楽を極めたいと俺もまた腰を突き出し、良平の更なる興奮を誘おうと必死になっていった。

「……大丈夫か？」

気づいたときには、ベッドに寝かされていた。

「……あれ……」

周囲を見回し、そうと察した俺はすぐに、自分が浴室で羽目を外し——って、外したのは良平だと思うのだが——意識を失ったと悟った。

「水、飲むか？」

問いかけてきた良平に、そういや喉《のど》が渇いているかもと頷くと、

「はい」

既に用意をしていたようで、キャップを外したペットボトルを目の前に示された。

彼の手を借りて半身を起こし、差し出されたペットボトルを受け取る。ごくごくとそれを飲むと、喉を下る冷たい感触が心地よく、思わず、はあ、と我ながら満足げと思われるような深い息を吐いてしまった。

「ほんま、お疲れやったね」

良平はその息を疲労の現れとでもとったようで、申し訳なさそうに謝ってくる。

違う、と俺は首を横に振ると、ペットボトルを持ったまま両手を良平に向かって広げてみせた。

「ごろちゃん？」

なに？　と問いながら良平が俺を抱き締める。

「俺さ……」

上手く言葉にできるか、自信はなかった。でも、胸に満ちているこの幸福感は伝えたい、と言葉を探す。

「なに？」

「俺さ……なんか今回、良平の家族になれたみたいでほんと、嬉しかった。俺にも家族はいるけど、なんていうか……良平の家族が、俺を家族って認めてくれたことが本当に……本当に嬉しかったよ」

「ごろちゃん……」

自然と涙ぐんでしまった。そんな俺のこめかみに良平の唇が押し当てられる。

「僕もいつかなりたいわ。ごろちゃんの家族に」

「もう……もう良平は俺の家族だよ」

「ごろちゃん……」

もう涙を堪えることはできなかった。泣きながら背を抱き締める俺の身体を、良平もまたしっかり抱き締めてくれる。

「……俺の母さんにもきっと、わかってもらえると思う。母さん、ゲイが嫌いだって、良平知ってたんだよな？　だから和美兄さんの法事にも来なかった。でも……でもいつかきっと母さんにも認めてもらえるよう、頑張るから」

「ごろちゃん……っ」

良平が感極まった声を出し、背を抱く手に力を込める。

「俺……頑張るから……っ」

良平の家族は皆——あの康嗣さんですら、俺を家族と認めてくれた。俺の家族にも、良平を必ず認めてもらう。

そのためにはなんだってする。しなければならないと思う。母をきっと説得してみせる。

そう決意する俺の耳元で、良平の掠れた、でもきっぱりした声が響いた。

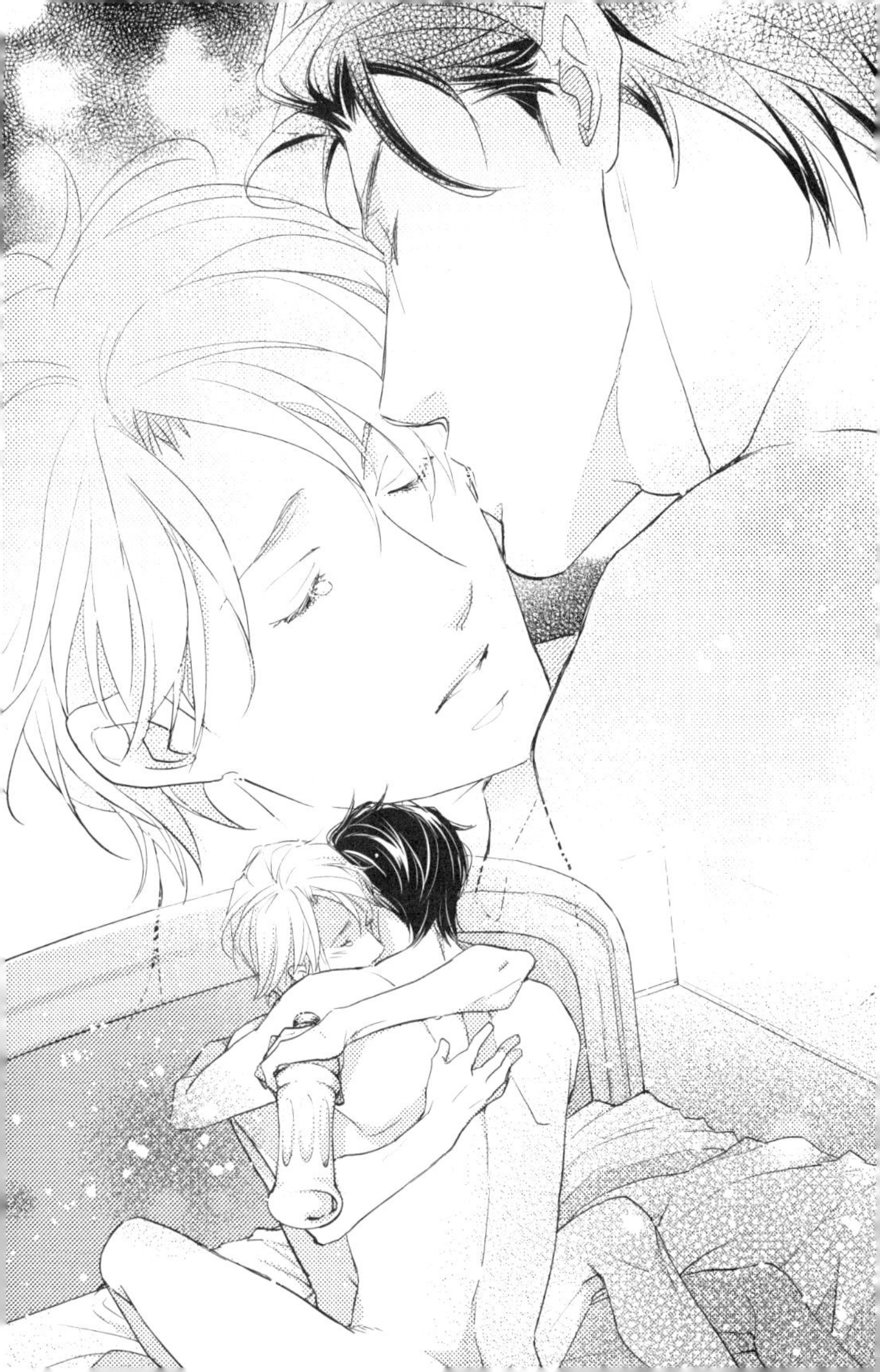

「僕も……頑張るさかい」

「……うん……うん……」

頷く声が涙に震える。

「ごろちゃん……ありがとな……」

良平の声も震えていた。

「礼なんか言うなよ」

その声を聞き、俺の声もますます震えてしまう。

「僕はほんま……三国一の幸せモンや」

抱き締めてくれる良平の背を、それは俺だ、と抱き締め返す。

この胸に溢れる幸福感が伝わるといい、という願いはしっかり良平には届いたようで、

「愛してるよ」

と囁きかけてくれる彼の声は既に笑っていた。

「俺も、愛してる」

言うまでもないけれど、とその背を抱き返す俺を良平の逞しい腕がきつく抱き締めてくれる。

「……タンゴ……マスターできるやろか」

「タンゴ？」

ぼそ、と呟かれた言葉に反応した俺に、良平が笑顔のまま言葉を続ける。

「結婚式で披露するいう話になってたやん」

「結婚式はしないし、それ以上にタンゴは無理だろっ」

怒鳴りはしたもののそのとき俺の脳裏には、良平の家族に祝福されている燕尾服姿の俺と良平の姿がしっかりと浮かんでいた。

三者三様

田宮《たみや》さんを抱きたい。

その思いは常に、僕の中にはある。

合コンキングなんて異名が社内で知れ渡っているくらいだから、僕の下半身事情は決して世間に誇れるようなものではない。

一応ポリシーとして『ゆきずり』の関係は持たないと決めていた。酔った勢いでベッドイン、なんてパターンは最悪だ。

セックスは気持ちよくしたい。パートナーは少なくとも僕が好きな相手であり、なおかつ相手も僕が好きであるというのが最低条件ではないかと思う。

そんな僕が田宮さんを抱く機会は、当人の希望は別にして、今まで数回はあったように思う。

既に逸している機会なので今更あのときと言及するのは避けるが、どっしりと安定しているように見えて田宮さんと良平《りょうへい》の——俺が『良平』というのを田宮さんは非常に嫌がるのだが——関係は、そこまで盤石じゃないと思うのは僕の希望的観測か。

弱みにつけ込み抱いたとしても互いに後悔のみが残るに違いない。それがわかっているから行動に移さなかった——というのは嘘じゃない。

たとえそのとき誘ったとしても田宮さんには『馬鹿じゃないか』と思いっきり断られたかもしれないけれど。

僕はこの、田宮さんの口癖でもある『馬鹿じゃないか』が好きだ。マゾかと思われそうだが、そう言うときの田宮さんの顔が好きなのだ。

呆《あき》れているが、心を許しているのがわかる。『馬鹿』という言葉は失礼なだけに、気を許した相手にしか言わないものだ。それだけ彼が僕に気を許してくれている証拠だろう。

「……なんてね」

すべて自己満足という自覚は勿論《もちろん》ある。が、外してない自信はあった。

だから今日も僕は、嫌がられるのを承知で田宮さんに絡みまくる。

「もう、いい加減にしろよなっ」

田宮さんは今日もうんざりした様子で俺をいなそうとする。

「だって好きなんですもん」

「なにが『もん』だよ。かわいこぶるなって」

「ぶってません。可愛いんです」

「馬鹿じゃないかっ」

今日もぶつけられる『馬鹿じゃないか』に、この上ない幸せを感じる。

マゾと言いたい奴は言え。そう思いながら僕は、田宮さんに日々しつこくつきまとい続けている。


トミー、と呼ぶことだけはすまい。

それが僕の信条だ。

社内でも雅己《まさみ》は人気者で、彼を『トミー』と呼ぶ男女は多い。

リサーチの結果社内でもっとも人気の高い事務職であることがわかった人事部の西村《にしむら》嬢もまた彼を『トミー』と呼ぶ。

合コン仲間と自称しているが、彼女もまた雅己の魅力にとらわれている一人だということは、顔を合わせるより前からわかっていた。

「ちょっとトミー、あんた、いつになったらアランとの合コンセッティングしてくれるのよう」

今日も彼女はわざわざ雅己のデスクまで来て、聞こえよがしにそんなことを言い、ちらちら僕のほうを見ていた。

だが彼女の最終目的は僕にはない。それが雅己にはどうもわからないらしい。

頭もよく、人の感情の機微には敏感すぎるほど敏感なのに、自分に対する好意には鈍感というか、敢《あ》えて気づかないように自身を律しているようだ。

それもこれも、決して報われることのない彼の片思いのせいだろう。なぜ雅己はいつまでも既にパートナーのいる相手に執着し続けるのか、その心情はまったく理解できない。

来日するまで、雅己の心を自分のものにするのは案外容易《たやす》いんじゃないかと思っていた。

片思いの相手には運命的なパートナーがいる。いい加減諦《あきら》めて僕のものになるといい。

正論だと思うのに雅己は僕に見向きもしない。

たいていの男女は僕のアプローチに反応する。無視するのは雅己くらいだ。

恋においても、そして勿論仕事においても親の業績に頼る気などない。『御曹司』であるという事実は変えようがないゆえ、その立場を最大限に利用しつつ、親を越えようと思っている。

そんな自分の意志を雅己には理解してほしいのに、なかなか聞く耳を持ってはもらえない。

僕の気持ちは真剣なのに、Facebookで一目惚《ひとめぼ》れをしたというのが、軽々しく感じるのか、まるで本気にとってもらえないのだ。

恋する彼は当然、恋する僕の気持ちを理解してくれると思っていたが、甘かったようだ。

しかも彼の『恋』は下手すれば僕以上にしつこく、深いものであるようだ。

その『恋』心を抱《いだ》かれている相手に僕は、彼を拒絶してくれ、と直談判《じかだんぱん》したことがあった。いうなれば単なる八つ当たりだ。しかもその『八つ当たり』はすぐ、彼本人に知られてしまった。

「アラン、お前は田宮さんの性格をまるでわかってないな」

向けられる思いが真剣だからこそ、拒絶することができないのだ。

同じように雅己にも真剣な思いには応えてほしいが、そこは好きな相手に準じてはいないようだ。

それだけに、その『好きな相手』から持ちかけられた条件は、僕の神経に障るものだった。

それればかりではない。雅己の外出中をねらい、彼が――雅己の思い人である吾郎《ごろう》が、わざわざ俺を呼びだし、いきがかり上することになった約束の遂行を確認してきたのだ。

「お前の想いが真剣だってことは俺には伝わってくるんだけどさ、当人には伝わってないと思うんだよ」

だから、少し我慢をしてもらえないか、と言われたとき、僕は正直面白くは感じなかった。

「ねえ、吾郎」

「え？」

なに、と目を見開く彼は、恋敵とはいえとても魅力的だ。

雅己がいつまでも諦められない、その気持ちは痛いほどにわかるものの、それでも当人にはかかわられたくないという思いが僕に厳しい対応をさせていた。

「君は雅己のなんなんだ？　恋人でもないのに、僕たちのことに口を出すのはやめてもらえないか？」

「不快に感じるのはわかるよ。でも」

吾郎は真剣に僕に立ち向かってくる。

彼にとって雅己は『恋人』にはなり得ないが、大切な相手ではあると思い知らされることに苛立《いらだ》ちを覚え、吾郎をやりこめようとする。

「そう思うなら放っておいてもらおう」

「今のままだと、皆が不幸だよ。お前の富岡《とみおか》への気持ちは真剣なものだってわかるけど、それが本人に伝わってない。だから」

吾郎はここで僕に対して身を乗り出し、この上ないほど真剣な口調で訴えかけてきた。

「その気持ちが伝わるように、あいつがその気になるまでは手を出さないと、本気で約束してほしい。アランの言うとおり、俺が口を出すことじゃないとは充分承知しているけど、でも、言わずにはいられなかった。だって……」

「『だって』？」

あまりに真摯《しんし》な彼の言葉にほだされ、つい問い返してしまう。

「だって……そんな真剣な思いが伝わらないとしたら、切ないじゃないか」

「…………」

吾郎の言葉を聞いた瞬間、完敗を自覚せずにはいられなかった。

「……吾郎」

「ん？」

なに、と吾郎が俺を真っ直《まっす》ぐに見つめてくる。

大きな瞳は見惚《みと》れずにはいられないほど綺麗《きれい》で、思わず呪《のろ》いそうになった。

本当に、勝ちの見えないライバルを持ったものだと内心溜《た》め息をつきつつ、彼に宣言する。

「君の同情はいらない。僕は今すぐにでも雅己のハートをものにしてみせる」

「……同情、とかじゃないんだけど」

吾郎はぼそりとそう告げたが、僕の宣戦布告に関してはなんのコメントもなかった。

好きにしろということだろう。そんな投げやりな彼になぜ雅己は執着するのだと、小一時間問いつめたいと思いながらも僕は彼に向かい胸を張ってみせた。

「約束は守ろう。僕は一度約束したことを破りはしない」

「ありがとう。それを聞いて安心した」

にっこり、と微笑《ほほえ》んだ吾郎の顔はあまりに——魅力的だった。

雅己の想い人がもっとつまらない相手ならよかったのにと切に思う。

まあ、その程度の相手なら今頃彼のハートは僕の手中にあるのだろうが、と漏れそうになる溜め息を堪え、勝てる気のしない相手に向かってあえて堂々と宣戦を布告する。

「雅己のハートは僕が必ず、ゲットしてみせる」

「できることならそうしてほしいよ。真面目な話」

心底そう思っていることがわかる彼のリアクションは勿論、僕に気を遣ってのものじゃない。

だがきっと彼の感情も、僕が本当に雅己をこの腕に抱き締めたときには変化を見せることだろう。

そのとき顔色を変えても知らないぞと僕は、失って初めてありがたみを知るという体験をすればいいという呪詛《じゅそ》めいた言葉を心の中で呟《つぶや》きながら、吾郎に対しそれは晴れやかに笑ってみせたのだった。

在りし日

終業を告げるチャイムが階段教室に響き渡る。教授の挨拶《あいさつ》も待たずにばたばたと帰り支度をはじめる生徒たちのざわめきが溢《あふ》れる教室の一番てっぺんの席に座っていた里見《さとみ》も立ち上がり、ノートを鞄《かばん》に仕舞いながら前方の席を見下ろした。

前から三列目——十五分ほど遅刻して室内に入ってきたときから見つけていた紺色のフリースが、教室を出てゆく生徒たちの間で見え隠れしている。

「田宮《たみや》！」

自分に気付かず教室を出ようとしているその姿に向かって大きな声で呼びかけると、彼は——田宮は、驚いたように顔を上げ、足を止めた。

きょろきょろと辺りを見回したあと、漸《ようや》く階段の真上にいる里見の姿に気付いたようで、やあ、というように片手を上げ、階段を下りる人波に逆行しながら彼の方へと近づいて来る。

「なんだ、来てたんだ？」

寝癖のついた髪をかき上げながら笑う田宮を、

「お前こそ……よく来たな」

と里見が小突いたのには訳がある。彼らはほんの数時間前まで、大学近くの雀荘《ジャンそう》で、徹夜で同じ卓を囲んでいたのだった。解散したのが午前七時、夜通し飲んでいたので、早朝だというのに皆の足元はやたらとふらついていた。

中でも今回一人負けした田宮は自棄《やけ》になって飲んでいたせいもあり、別れしなには、頭が痛い、と目をしょぼしょぼさせていた。あの様子ではてっきり一限のこの授業はパスするに違いないと里見は踏んで、彼の代わりに授業に出てやろうとこうして来たというわけだった。

「気力オンリー」

もう吐きそう、と顔を顰《しか》めながらも、田宮は、

「だって今日、俺が皆の代返する日だし」

と出席カードの束をポケットから出してみせる。

「……ほんとにお前はそういうとこ律儀だよなあ」

田宮と小林《こばやし》と三上《みかみ》と里見、という昨日――否、今朝まで――雀卓を囲んでいた仲間は、この般教の授業でそれぞれ代返をする順番を決めていた。

「三上なんか先週ばっくれたのにさ」

「ほんと、むかつくよな」

満更冗談ではない口調で、口を尖《とが》らせた田宮だったが、そういった彼の真面目さは、よく友人たちの間でからかいの的となった。

曲がったことが大嫌いで、他の人間であれば「まあいいじゃないか」で済ませてしまうこ

とても本気で腹を立てたりする。ただ、怒りが持続するタイプではなく、一度わあっと怒ってからはからりとしているので、付き合いづらい印象を与えることはなかった。

人並みはずれた責任感の強さと、不正を厭《いと》う——代返は彼にとっては『不正』でない、というあたり、その基準は随分怪しいものではあるが——正義感は、からかいの対象にもなったが、何より友人たちの信頼を集めていた。

皆、口では『ホントに真面目ちゃんなんだから』などと馬鹿にしたようなことを言いながらも、実際田宮を馬鹿にしている者など一人もいないということを、里見はよく知っていた。

田宮が友人からよくからかわれるのには、実はもう一つ理由がある。去年成人式を迎えたとはとても思えない——それこそ高校生にしか見えないような、いわゆる『可愛らしい』顔立ちをしている彼が、怒りに頬《ほお》を紅潮させるその様を見たくて、皆ちょっかいをかけてくるのだ。

人目を惹《ひ》かずにはいられないほどに整った容貌《ようぼう》ではあるのだが、くるくると動く大きな瞳のためか、はたまた驚くほどに豊かな表情を惜しみなく浮かべてみせるためか——要は感情が顔に出やすいということなのだが——それほどの美貌を持っていながらにして近寄りがたいという印象を、田宮は周囲に与えなかった。

里見は常々、田宮は自分の容姿が端麗であるという自覚を、生まれてこの方一度も持ったことがないのではないかと思っていた。

その大きな瞳で見つめられると、たいがいの者は一瞬息を呑《の》む。が、少しもそれに気付かず、尚《なお》もまじまじと相手を見据えて――幼い頃に『話をするときは人の目を見ましょう』とでも教えられたに違いない――対面する者を悉《ことごと》くうろたえさせている田宮の様子を見るにつけ、その思いは確信となった。

田宮を前にうろたえてしまった者たちは、そのうろたえに対する気まずさからか、田宮へとちょっかいを出すことが多いのだが、その『ちょっかい』が笑って済ますことができなくなりそうなとき、それを牽制《けんせい》してやるのがいつしか里見の役割になっていた。

『役割』といっても勿論当の本人の田宮は気付いてさえいないに違いない。誰が決めたものでもない、里見が勝手に自身に課したにすぎないのだが、それでも田宮の無垢《むく》さを守りたいと彼は思い、それこそ決して本人には気付かれぬようにこっそりとその背後から常に庇護《ひご》の手を差し伸べていたのだった。

「まあ、先週は虫が知らせたっていうかなんていうか、自分で出てたからいいんだけどさ」

友人の代返のバックレにむくれたことなどすぐ忘れたように田宮はそう笑うと、不意にまたその笑顔を引っ込め不審そうに眉《まゆ》を寄せながら、

「それより、里見こそなんでここにいるんだ？」

と里見の顔を覗《のぞ》き込んできた。

「なんでって……」

多分田宮は起きられないに違いないと踏んだからだと、正直なところを言えばまた『俺を信用していないのか』とむっとされるに違いない。どうしようかな、と一瞬里見が答えに窮した様子からそうと察した田宮が、

「俺が来ないと思ったわけ？」

と予想通りむっとした口調で彼を睨み上げてきた。

「……ムシが知らせた」

ばれちゃ仕方がない、と諦《あきら》めて肩を竦《すく》めてみせると、田宮は吹き出しながら、

「当てにならない虫だね」

とまた笑顔になり里見を見た。

くるくると変わる表情はどれも魅力的で、そのいちいちに見惚《みと》れそうになってしまう。髪もぼさぼさだし、目は腫《は》れぼったいし、アラを探そうと思えばいくらでも探せるようなこんな日であっても翳《かげ》る気配を見せないその魅力に、いかに自分が捕われてしまっているかを里見は今更のように自覚し、思わず苦笑した。

「なに？」

目を伏せ微笑《ほほえ》む里見の様子を訝《いぶか》ってまた田宮が眉を顰《ひそ》めるのに、

「いや、ほんとにあてにならないと思ってさ」

里見は笑い、行こうか、と田宮を促すようにして教室を出た。

「これからどうする？」

大きくのびをしながら尋ねてくる田宮は、今日の講義はこのあとは午後の筈《はず》だった。

「メシでも食う？」

里見も二限は空いている。そう誘うと、田宮は気持ち悪そうに顔を顰めながら、

「パス」

と首を横に振った。

「ちゃーでもするか」

そういえば未だに田宮の顔は不自然に白い。相当無理をして来たんだなあ、と思うだにその真面目さがまた微笑ましくも可愛くて、里見は思わず笑ってしまいながら田宮の背に腕を回し、学食にでも行こう、と誘ったのだった。


「あー。気持ちわる」

自販機で買ったコーヒーを両手に包むようにしてちびちびと飲みながら、田宮が大きく溜め息をつく。

「大丈夫か？」

大丈夫、と答えるだろうな、と予測しながら里見が尋ねると、予想通り、

「大丈夫」

と田宮は少しも大丈夫そうではない顔でそう答え、里見に微笑を返した。

「帰って寝れば？　次、四限だろ？」

「そうしようかなあ」

はあ、と大きく溜め息をついた田宮が、ふと顔を上げ、

「里見はこのあとどうする？」

と真《ま》っ直《す》ぐに里見の目を見つめてきた。いつもながら惹き込まれそうになるその大きな瞳を前に、里見は一瞬息を呑みながらもすぐ我に返ると、

「バイト。小林がかわってくれって」

と午後の予定を伝えた。

「え？　また？」

途端に不機嫌そうな顔になった田宮は、里見がしまった、と思う間もなくまた怒り始めてしまった。

「今月入ってから何度目だよ。別にあいつ都合なんて悪くないんだろ？　徹マン明けは里見も一緒じゃないか」

「まあいいじゃないか。俺は今日それほど辛くないし、その分金も入るしな」

宥めようとする里見に、田宮は大きく溜め息をつくと、

「ほんとにお前……人がよすぎるよ」

と口を尖らせ、彼を睨《にら》んだ。

「別に人はよくないよ」

苦笑する里見に、田宮は真剣な顔で
「お前ばっかり我慢することなんかないんだぜ？　ちゃんと断るときは断れよ？」

と、言い聞かせるような口調でそう言うと、

「ほんとにお前見てると……心配だよ」

などと言い出すものだから、思わず里見は笑ってしまった。

「なんだよ」

またむっとしたように田宮が口を尖らすのに、

「いや……」

すまん、と頭を下げながらも里見の笑いは止まらない。田宮は田宮で自分に対して庇護の手を差し伸べているつもりなのだということが嬉しくもあり、照れ臭くもあったがゆえの笑いだったのだが、田宮にそんなことはわかるわけもなく、

「人が真剣に話してるのに」

失礼だぞ、とますます凶悪な顔で里見を睨みながら、手の中のコーヒーを啜《すす》った。

「悪い」

ようやく笑いが収まった里見もコーヒーを飲みながら、

「お前も今日、バイトだっけ？」

と田宮の機嫌を直そうと話題を変えてみる。

「そう。夜だけど」

「家庭教師《カテキョ》？」

ひと月ほど前から田宮が週に二回、高校二年の男子生徒に数学と英語を教えに行っていることは、既に里見の頭にインプットはされていたのだが、そんな素振りは見せずにそう聞くと、

「そうなんだけどさ」

田宮は何かを思い出したのか、はあ、と小さく溜め息をついた。どうやら怒りは収まっているらしいが、少し憂鬱そうなその顔が気になって、

「どうした？」

と里見は彼に問い掛けた。

「いや……」

たいしたことないんだけど、と田宮はまたコーヒーを一口飲んだが、里見が自分を見つめ続けていることに気づくとやがて、

「なんか俺、ナメられちゃってるのか……生徒がもう、生意気でさ」

とぼそりと愚痴を言い出した。

「生意気？」

高校二年といえば年もそれほど変わらない。とくに田宮は童顔であるから、彼の言うように『ナメられ』てしまうこともあるのだろう。そう思いながら問い返した里見に田宮は顔を顰めながら、

「こないだなんて、教科書開いて、って言ったら、間にエロ本挟んで俺に見せるんだぜ？　なんだよこれ、って怒ったら、『先生、童貞なんじゃないの？』なんてふざけたこと抜かしやがって」

そのときのことを思い出したのか、怒りに頰が紅潮してくる。

「ふざけるな、って怒ったら、『このくらいで興奮しちゃったの？』なんて全然俺の言うこと聞かなくてさ、『勃ってるんじゃない？』とか言いながらいきなり俺のナニを握ってきたもんだから……っておいっ」

田宮が慌てた声を出したのは、里見が飲んでいたコーヒーを思い切り吹いたからだった。

ごほごほと咳《せ》き込む里見に、

「おい……大丈夫か？」

田宮は席を立ち、里見の後ろに回って背中を擦《さす》り始める。

「大丈夫……」

ポケットからハンカチを出して口を拭《ぬぐ》う里見はまだ咳き込んでいたが、田宮を振り返ると、

「それで??」

苦しい息の下、話の続きを促した。

「それで?」

きょとん、としつつも田宮は背中を擦る手を休めず、何のことかと里見を見下ろしてくる。

「握られて……そのあとは?」

「そのあとって……」

里見の真剣さに気づくことなく、田宮は、

「思わず殴りそうになるのを必死で我慢して、あとはもうマル無視。高校生って頭の中、それしかないのか、『どんな女と付き合ってるんだ』とか、『最近ヤったのはいつか』とか、そういうことしか聞いて来ないんだよ。親が高いカネ払ってカテキョ雇ってんだから、もっと真剣に勉強しろって言ってやりたいよ」

と、憤懣《ふんまん》やるかたなしといった調子でそう言い大きく溜め息をついた。

話題がすっかり親の懐の心配へと逸《そ》れてしまったがために、里見は自分の聞きたい『それから』について言及する機会を逸したことに気づいたが、リカバリーのしようもない。この様子では、それ以上のことはされなかったのだろう、と無理矢理自分を安心させることしか

できず、里見は田宮に負けぬほどの大きな溜め息をついたあと、

「今度から、絶対に部屋のドアは開けておけよ？」

と、背中を擦ってくれた礼を言いながら、田宮にそう告げた。

「ドア？」

田宮は何を言われているかわからぬ様子で首を傾《かし》げている。

「頼むからそうしてくれ」

「……？？」

不審そうに眉を顰めながらも、うん、と頷《うなず》いた田宮は、時計を見ながら、

「そろそろ行く？」

と時間を里見に示してみせた。バイトの時間を気にしてくれたんだろう、確かにそろそろ行かなければならない時間になりつつあった里見は頷くと立ち上がり、二人して肩を並べて学食をあとにしたのだった。


「寒いなあ」

校内を歩きながら背中を丸める里見に、

「そうか?」

とフリースの下はシャツ一枚、という薄着の田宮が笑いかけた。北国育ちの彼は寒さには強いらしく、皆がコートを着て震えるような日でも、セーター一枚でいたりもする。

「そういや、いつ帰省するの?」

十二月も半ばに入り、授業も来週いっぱいで年内は終わりだった。今年も田宮は実家のある北海道に帰るのだろう、と思ってそう尋ねると、彼は、暫《しば》し、うーん、と言葉を濁したあと、ぼそりと答えた。

「今年は多分、帰らないと思う」

「帰らない?」

「帰っても誰もいないんだ。年末年始で旅行するってさ」

「へえ」

ほかに帰省をしない理由がありそうだったが、田宮が言いたくなさげであるのを察し、里見は口を閉ざした。田宮はすぐ里見の気遣いに気づいたようで、ことさら明るい口調になり、

「カネもないしね。東京で一人で年越すのもいいかなって思ってさ」

コンビニも正月からあいてるらしいしね、と笑いかけてきた。

「そうか」

里見も笑い返し、そのまま二人して肩を並べ、暫し無言で足を進めた。

校門を出て、隣の大きな駅に向かって歩き出す。その駅から田宮は自宅へと、里見はバイトへと向かうのであるが、駅に近づいてくると商店街の街灯にはもうクリスマスのイルミネーションが飾られていて、それを見上げながら田宮は、

「もう今年も終わるんだなあ」

と独り言のように呟《つぶや》いた。

その横顔に隠し切れない寂しさの影を認めてしまったからだろうか――里見は思わずそんな田宮に向かってこう告げていた。

「俺も帰るのやめようかな」

「え?」

驚いたように目を見開く田宮に、里見は、

「いや、俺もカネないし、実家にはこないだ法事で帰ったばっかだし」

とまるで言い訳をするかのようにぼそぼそと続けた。

「ほんとか?」

田宮の顔が笑顔に綻《ほころ》ぶ。喜びに輝く顔というのはこんな顔をいうんだろうな――頭に浮かぶ年老いた母親に対し心の中でごめん、と両手をあわせながら、里見は眩《まぶ》しげに目を細め、田宮の笑顔を見返した。

「ああ。二人で年越ししようぜ」

「うん」

田宮はにこ、と笑って頷いたあと、

「ありがとな」

と、下を向いたまま小さな声で礼を言った。

「なに言ってんだか」

気を遣わせまいとわざと大きな声で笑った里見に、田宮はもう一度、

「ありがとな」

と微笑んだあと、そうだ、と急に大声を出し、

「どうせなら初日の出とか見に行かないか？」

そう言い、その大きな目を輝かせた。

「初日の出？」

「うん。あ、初詣《はつもうで》でもいい」

「全然違うだろ」

思わず吹き出した里見に、

「だってせっかくだからさ」

と、田宮も照れたように笑い返す。

「せっかく？」

「うん。里見と二人で新年迎えるなんて、滅多になさそうだからさ」

自分と過ごす年明けをそれほどまでに楽しみにしてくれる田宮を思わず抱き寄せたくなる衝動を、里見は必死に抑え込む。

「高尾山《たかおさん》に初日の出見に行くか、明治神宮《めいじじんぐう》に初詣に行くか」

「デートかよ」

己の気持ちを悟られまいとわざとそんなからかうようなことを言う里見に、

「なんだよ、ベタって言いたいのか？」

と田宮が口を尖らせる。

「ベタもベタ。ご来光は寒いし、明治神宮はすごい人だぞ？」

「おやじくさ。ってか、お前、なんか倦怠期《けんたいき》のカップルの片割れみたいだぞ？」

「なんだよそれ」

あはは、と笑いながら里見はさりげなく田宮の肩を抱いた。微《かす》かに震える指先で、その細い肩をぎゅっと握り締めると、田宮は、なに、というように里見の顔を見上げてきた。

「ご来光にするか」

まだ少年の面差しを残す田宮の顔にそう笑いかけると、田宮はその大きな瞳を細めてにっこりと本当に嬉しそうに微笑んだ。

「晴れるかなあ」

「晴れるだろ」

「相変わらず根拠のない自信だねえ」

笑いながら田宮がまるでじゃれるように身体《からだ》を里見に寄せてくる。

こうして二人して歩く道がこの先も永遠に続けばいい――胸に湧《わ》き上がる願いの強さのままに田宮の細い肩をぎゅっと抱き締め直す里見の脳裏に、彼と迎えるであろう新年の昇る朝陽の幻が過《よぎ》った。

聖なる夜に

計のマークは動く気配を見せなかった。

「ああ、もう」

苛立《いらだ》ちのままにキーボードに両手を叩きつけると、パソコンはピーと悲鳴を上げたが砂時計のマークは動く気配を見せなかった。

「なに、またフリーズ？」

斜め向かいの席から里見《さとみ》が声をかけてくる。

「ほんと、いい加減にしてほしいぜ」

「お前のエクセルの表が容量でかすぎるんだよ」

どれ、と立ち上がりかけた里見を俺は慌てて制した。

「いいって。さっきも三十分も付き合ってくれたばっかりじゃないか」

「付き合った挙げ句に『再起動』するしかなかったっていう情けないオチつきだがな」

笑って片目を瞑《つむ》ってみせた里見が俺の制止も聞かずに席を立ち、俺の後ろに回りこむ。

「まるでさっきと一緒だな」

「なんか機械に欠陥でもあるのかなあ。メールしてても突然止まることあるし」

やれやれ、と俺は溜め息をつくと、里見が手を出す前にとプチ、と電源を切り強制終了させてしまった。

「その乱暴な使い方が問題のような気もするが？」

「乱暴にもなるよ。今日三度目だぜ？」

肩越しに画面を覗《のぞ》き込んでいた里見の顔を見上げると、里見は一瞬虚を衝かれたような顔になり、びくりと不自然に身体《からだ》を震わせ俺から離れた。

「なに？」

「なんでも」

笑った里見の様子に変わったところはない。気のせいだったかな、と思いながら俺は再び前を向き、パソコンのスイッチを入れた。なかなか立ち上がらないのは先ほどの強制終了がきいているからだろう。時計を見ると既に日付が変わりつつある。それにしてもこんな夜に残業か、と溜め息をついた俺の心を読んだのか、里見はくすりと笑うと、

「一休みしてケーキでも食うか？」

と俺の顔を覗き込んできた。

「……どうせ終電ないしな」

パソコンはまだ起《た》ち上がる気配すら見せていない。もういいや、と俺は諦《あきら》めて立ち上がり里見のあとについて給湯室へと向かった。

「まだ残ってたんだ」

「今年は多かったからな」

備え付けの冷蔵庫の中に、赤と緑に飾られたケーキの箱が無造作に入っている。勿論《もちろん》いつもここにケーキを常備しているなんてことがあるわけではない。今日は一年中で一番ホールのケーキが売れる日——なのか？——聖なる夜、クリスマスイブだった。

国内営業の俺たちの部では、出入りの業者が毎年この日にクリスマスケーキを届けてくれる。バブルの頃にはじまったこの風習は、うちの部の女の子の受けがやたらといいために各社ともやめられなくなっているらしい。去年足りなくなったという話がどこからか漏れたのか、今年は各社とも一つずつ数を増やして持ってきたそうで、三時に切り分けてもかなりあまってしまったらしく、部長が一つホールごと家に持って帰ったと島田《しまだ》がこっそり教えてくれた。

「コーヒーでも買って来るわ」

「じゃ、俺切っておく」

三分の二は残っていたケーキを目の前に顔を見合わせたあと、社食にコーヒーを買いに行ってくれた里見を見送った俺は、一緒に入っていた包丁でケーキを切り分け、紙皿に乗せて席へと戻った。深夜十二時を過ぎた今、フロアには俺と里見以外誰も残っていない。年末のこの時期、連夜の忘年会で残業もままならなかったのだが、さすがにクリスマスイブにまで接待を入れてくる会社はなかった。たまりにたまった仕事をしているうちに——そして何度もフリーズするパソコンと格闘しているうちに――こんな時間になってしまったのだが、さすがに今日は皆も引けが早かったよなあ、と思っているところに里見がコーヒーを片手に戻ってきた。

「ほら」

「サンクス」

ぽん、と放られた缶コーヒーを受け取り、プルトップをあける。

「あっちで食おうか」

俺の机の上が荒れ果てていてとても飲食できるような状態ではないのを見て、里見が顎《あご》で窓側の打ち合わせスペースを示した。

「そうだね」

二人して紙皿とコーヒーを手にテーブルへと移動したあと、何を思ったか里見がブラインドを開ける。

「なに？」

「一応クリスマス気分を盛り上げようかと」

「馬鹿じゃないか」

窓の外、街路樹を飾るイルミネーションが少しだけ見えるのだ。男二人で何がクリスマスイブだ、と笑った俺は、そうだ、と更に悪乗りしてやろうと思いついた。

「どうした、田宮？」

「うん、ちょっと」

給湯室に駆け戻り、散らかしたままのケーキの箱の中からあるものを取り出しテーブルへと戻る。

「クリスマス気分といえばこれでしょう」

「……お前こそ、馬鹿じゃないか」

呆《あき》れ顔の里見の目の前のケーキに、今、取りに戻ったヒイラギの葉――勿論プラスチックだが――で飾られたろうそくを立ててやる。

「点灯～」

「そこまでやるか、フッー」

ポケットからライターを取り出し、ふざけてそう言いながら火をつけてやると里見はますます呆れた顔になったが、

「しかしここまでやるなら」

と立ち上がりフロアの入口の方へと歩いていった。

「里見？」

不意に頭の上の蛍光灯が消え、驚いて声をかけると、里見が笑いながら戻ってきた。

「このくらいのムード作りは」

「……そこまでやるか？　フッー」

さっき言われた台詞《せりふ》をそのまま返した俺に里見は、

「ま、せっかくのイブだからな」

と何が『せっかく』なのかわからないことを言い、さてと、と俺の前、さきほどまで彼が座っていた場所に腰掛けた。

「クリスマスイブか」

ろうそくの明かりが里見の顔をオレンジ色に染めている。

「今日は皆、引けが早かったよな」

六時になるかならないかのうちに、まず女の子たちが先を争って帰っていき、続いて家庭持ちの管理職たちが、そして高いディナーと、もしかしたらホテルを予約したらしい若手たちが帰っていって、師走《しわす》だというのにフロアはガラガラになっていった。

「お前も去年は先を争って帰ってたクチじゃないか」

里見の手が伸びてきて、俺の頭を軽く小突く。かすかに起こった風に灯《とも》されたろうそくの炎が揺れ、里見の笑顔に影を落とした。

「それを言うなよな」

既にバブルが崩壊して久しいというのに去年の俺はまさにバブル期真っ最中のような『クリスマス』を過ごしたのだった。ホテルのディナーに宿泊——その彼女と別れて半年になる。

思うくらいだ。
「別に悪かないけど」
悪いのはこの二年、会社を優先しまくった自分だ。逆によく二年も我慢していてくれたと思うくらいだ。

二年前から取り組んできた商談がなんとか形になりつつあるのだが、この『形になる』までに俺はあらゆることを——プライベートも人づきあいも——犠牲にしてきてしまった。

もともと器用な性格ではないので、やりたいことがあると他に頭がいかなくなるのだ。半年前、淡々と別れを告げてきた彼女には謝るしかなかったんだった、としばしぼんやりそのときのことを思い出してしまっていた俺は、

「ま、久々お前とのイブというのもいいもんだよ」

という里見の言葉に我に返った。

「そういやこの十年のうち、半分くらいお前とイブを過ごしてないか？」

「そうだったかな」

ゆらりとまたろうそくの炎が揺れ、里見の笑顔に影が出来る。

「そうそう。新人のときも一緒に残業してただろ？　ああ、大学三年のときもだ。あのときなんか、お前の家でこんな感じでケーキ食わなかった？」

「ああ、ケーキ屋でバイトしたときだ」

懐かしいな、と里見が笑う。本当に懐かしい——あのときも確か半年ほど付き合った彼女と別れたばかりで、凹《へこ》む俺を里見は『クリスマス前に別れた方が被害総額が少なく済んでよかったじゃないか』と慰めにもならないことを言って慰めてくれたのだった。

「あのバイトは結構キツかった。何よりサンタ服が薄っぺらでさ」

「そうそう、あのあとお前、風邪引いたんだよな」

「それは田宮が寝るとき一人で布団占領したからじゃなかったか」

「あ、まだ恨んでるんだ」

あはは、と笑い合う俺たちの間で、ゆらゆらとろうそくの炎が揺らいでいる。

「……こういうイブもいいかもな」

目の前にあるのは貰い物のケーキで、振り返れば山積みの仕事があって、作らなければならないデータを入れたパソコンはフリーズしてしまっていて、どう考えても家に帰り着くのは三時を越しそうで——それでもこうして誰より気の合う友人と二人してろうそくの灯《あか》りを囲み、窓の外、ビジネス街の僅《わず》かなイルミネーションを眺め、クリスマス気分を満喫しているイブというのもなかなかいいものかもしれない。

「どういうイブ？」

一人そんなことを考え、くすりと笑ってしまった俺の顔を里見が覗き込んできた。

「………」

考えていたことを言おうかな、と俺は一瞬口を開きかけたが、なんだか照れくさくなってしまって「いや」と首を横に振ると、

「残業で青息吐息のイブ」

と肩を竦《すく》めてみせた。

「マゾか」

あはは、と里見が大きな声で笑う。オレンジ色に輝く頬《ほお》。煌《きら》めくその瞳——そういえば里見にはイブを一緒に過ごす相手はいなかったのか、と今更のことを俺は思い、まじまじとろうそくの灯りに照らされた里見の整った容貌《ようぼう》を見つめてしまった。

「なに？」

視線に気づいた里見が目を細めて笑いかけてくる。

「里見って、今、彼女いないの？」

「え？」

またろうそくの灯りが揺らめき、驚いたように見開かれた里見の瞳に仄暗《ほのぐら》い影を落とした。

「いや、俺なんかとこんなイブを過ごしてていいのかなって思ってさ」

そろそろろうそくも残り少なくなってきたからだろう、ときおり大きく炎が揺らぎ、ジジ、蠟《ろう》のこげる匂いとともにオレンジ色の灯心が小さくなってゆく。

「…………秘密」

里見が低くそう言ったとき、ふっとろうそくの灯りが消えた。

「なんだよ、ズルいな」

前後の蛍光灯は消してないので真っ暗になることはないのだが、窓の外、闇《やみ》に閉ざされることのないオフィス街の灯りを受けた里見の顔が、一瞬酷《ひど》く歪《ゆが》んだように見えたのは目の錯覚だったのか——。

「里見？」

「これじゃ暗くて食えないな」

やはり錯覚だったのか、いつもと少しも変わらぬ声で里見はそう笑うと席を立ち、蛍光灯をつけにいった。ぱっと頭の上のあかりが灯り、眩しさに俺は目を細めて戻ってきた里見を見上げる。

「メリークリスマス」

「メリークリスマス」

おどけてそう言い、里見が差し出してきたコーヒーにコーヒーをぶつけ、俺たちはなんとなく二人笑い合った。

「今年もあと数日。一年経《た》つのは早いねえ」

「来年も同じこと言ってそうだな」

「来年ね」

気が早いな、と里見は笑って席につき、ケーキに目を落として「あ」と声を上げた。

「あ」

彼の目線を追った俺も思わずそう声を上げ、そのあとは二人たまらず笑いはじめた。ろうそく一本分の蠟がケーキの生クリームの上を綺麗《きれい》に覆ってしまっていたからである。

「赤いケーキもムーディだけどな」

「腹壊すなよ」

「食うかって」

あはは、と大声で笑った里見が、「まだ余ってたよな」と立ち上がる。給湯室にケーキを取りにいくらしい。

「こんなイブもいいな」

背中を向けた里見が聞こえないような声でそう呟《つぶや》いた、その声が俺の耳に響いてきた。

「どんなイブだよ」

さっき問われた通りに問い返してやると、里見は肩越しに俺を振り返り、ニッと笑ってみせた。

「蠟まみれのケーキを食うイブ」

「マゾ」

「俺たちはマゾ同士か」

また声を上げて里見は笑い、そのまま足取りも軽く給湯室へと向かっていった。

「こんなイブね」

室内が明るくなったので、先ほどまで外のイルミネーションがしょぼいながらも見えてた窓ガラスには、俺の顔とそして背後の荒れまくった机が映ってる。いいもんか、と溜め息をつきかけたとき、ふと室内に戻って来る里見の長身がガラスに映って見えた。新しいケーキを手ににこにこと笑いながら戻って来るその姿に、俺も思わず笑ってしまう。

「いいかもね」

振り返ってそう彼に笑いかけると、里見は一瞬不思議そうに俺を見下ろしたあと、俺の言いたいことがわかったのか、

「そうだな」

とどこかくすぐったそうな顔をして微笑むと、「食うか」と目でケーキを示してみせた。

「お前、目標何時？」

「田宮は？」

「一時半。ギリギリ二時」

「よし、一時半退社目指して頑張ろう」

ケーキを頬張りながら俺たちはまた顔を見合わせ笑い合う。

「しかし夜中にこんな甘いもん食ったら太るな」

「既に腹のあたりがヤバいってか？」

「接待続いてるしなあ」

無人のオフィスに俺たちがケーキを食べる音とだらだらと喋《しゃべ》る声が響いてゆく。

たまにはこういうイブもいいかもしれない——。

ふと見た窓の外、ケーキを頬張る俺と里見の顔の向こうに見える、聖なる夜を彩るしょぼいイルミネーションが、やけに温かく俺の目に映った。

想いはひとつ

三月十三日の夜、俺は百貨店で買ってきた『それ』を入れた紙袋を「はい」と良平《りょうへい》に差し出した。

「なに？　これ」

開けてええ？　と尋ねる彼に、「開けるなよ」と注意を施したあと、

「明日、なんの日だかわかってるか？」

やっぱり忘れてるな、と思いながら問いかける。

「明日？　ええと……」

相変わらず良平は忙しく、特にこの数週間は大きな事件《ヤマ》を追いかけていたとのことで、帰宅は深夜近くとなり、泊まり込みの日も多かった。

ようやく昨夜犯人が逮捕でき、今夜は珍しく早い時間に戻ってきたのだけれど、これだけ多忙であれば、明日がなんの日かを忘れても仕方がないだろう。

「三月十四日……ああ、ホワイトデーか」

ぽん、と膝《ひざ》を叩いたあと、良平は、

「……で？」

なんで、というように俺と俺が渡した紙袋を、かわるがわるに眺め始めた。

「ほら、良平、バレンタインにいくつかチョコを貰《もら》ってきてたじゃないか。お返し、買う時間ないんじゃないかと思って」

そう、バレンタインの日に良平は、チョコを五個ほど持って返ってきたのだった。

『課のみんなにくれたんよ』

良平は言い訳していたが、どれもこれもが『義理』というにはちょっと高価すぎるんじゃないか、というようなチョコだった。

きっと本気も半分くらいは入っているに違いないチョコに――それを良平にあげた女性にジェラシーを覚えなかったといえば嘘になる。だが客観的に考えて、良平が女性にモテるのは仕方がないと思うし、良平自身、チョコに浮かれている様子も見られないのに嫉妬《しっと》するのは馬鹿げている、と自分に言い聞かせ、それで多忙な彼の代わりにホワイトデーのお返しを用意してやろうと、今日、買ってきたのだった。

「……ごろちゃん……」

良平がまた俺を見、続いて紙袋の中を見たあと、また俺へと視線を戻す。

「あ、中身は、ハンカチとかの小物にしようか、お菓子にしようか迷ったんだけど、最近はモノよりお菓子を返すほうが喜ばれるって聞いたから、適当にチョコを選んだんだけど……」

じっと顔を見られているうちに、心の奥底に隠した嫉妬心まで見透かされてしまうような気がして、思わず早口でまくしたてていた俺は、

「ごろちゃん」

再び良平に名を呼ばれ、口を閉ざした。

「なに？」

「いや……」

良平が首を横に振り、紙袋を脇へと下ろす。

「ほんま、おおきに」

ぺこり、と頭を下げてきた彼に、

「別に、そんなお礼を言われるほどのことじゃないし」

頭を上げてくれ、と俺は良平の顔を覗《のぞ》き込んだ。

「…………」

俺に促され、頭を上げた良平は、なんともいえない表情をしていた。

「……もしかして、余計なことだったか？」

気に障ったのだろうか、と案じながら問いかけた俺に、良平がとんでもない、というように大きく首を横に振ってみせる。

「余計なことやあらへん。ほんま、助かった、思うとるんよ。けどな」

ここで良平は、照れたように笑い、ぽりぽりと頭をかいた。

「……もしかして、自分のお返しのついでに僕の分も買《こ》うてくれたんやないか、思うたらなんや、ごろちゃんにチョコくれた女の子にやきもち妬《や》いてしもうてな」

「…………」

良平も俺とまったく同じことを考え、まったく同じように嫉妬を感じていたことに俺は驚きと、それから——言うのも照れくさいのだけれど、なんだか酷《ひど》く感動してしまって言葉を失ったのだが、良平はそれを、俺が呆《あき》れていると思ったらしい。

「ほんま、自分でも情けない思うんやけどな。ごろちゃんが女の子に人気ないわけがないんやし」

「あのさ」

本当にどこまでも同じことを考えている、と俺は思わず身を乗り出し、彼の言葉を遮った。

「なに？」

少し驚いたように目を見開いた良平の胸に飛び込み、顔を見上げる。

「……俺のバレンタインの戦利品は、課の女の子たちから部の男全員にまとめて一つくれた、それだけだったよ」

「……ごろちゃん……」

良平が俺の背に両手を回し、ぐっと抱き締めてくれる。

「良平がたくさんもらってるのを見て、モテるだろうから仕方ないな、と思いながらも嫉妬してたよ。みんな本気っぽいチョコだったし」

「……ごろちゃん……」

良平がまた俺の名を呼び、唇を唇へと近づける。

「俺もそんな自分が情けないなあ、と思ってたよ」

「………ほんまにごろちゃんは……」

そのあと良平の言葉は続かず、貪《むさぼ》るようなキスが俺の唇を捉《とら》えていた。

「ん……っ……」

良平の手が俺のシャツをスラックスから引き出し、ボタンを外し始める。俺も自分でベルトを外し、唇をあわせながら服を脱ぎ捨てていった。

「あっ……」

全裸に剝《む》かれた身体を抱き上げられ、ベッドへと運ばれる。手早く服を脱ぎ捨てた良平が覆い被《かぶ》さってきたのに、俺は最初から大きく開いた両脚で彼の背を力いっぱい抱き締めた。

「……んっ……」

下肢を擦り寄せ、互いの雄が既に熱を孕《はら》んでいることを確かめ合う。良平の手が二人の腹の間に差し入れられ、俺の雄を握り込んだのに、俺も良平の雄へと手を伸ばし、ぎゅっとそれを握り締めた。

「……なんや、新鮮やね」

良平が俺を見下ろし、くすり、と笑いかけてくる。

「たまには手で、いうんもええかな」

「……馬鹿……」

口では悪態をつきながらも、良平が俺を扱《しご》き上げるリズムに合わせ、俺も良平の雄を扱き始めた。

「……っ……」

微笑《ほほえ》んでいた良平も、彼の雄の硬度が増してゆくに連れ、息が上がってくる。

「あっ……あぁっ……」

俺の方は彼以上に余裕がなくなり、いつもながらの巧みな彼の手淫《しゅいん》に腰は揺れ、唇からはあられもない声が漏れ始めてしまっていた。

「あっ……はぁっ……あっ……」

自分ばかりよくしてもらっては申し訳ないと、快楽に喘《あえ》ぎながらも良平を扱く手を速めると、良平もまた俺を扱く手を速め、俺たちの欲情は急速に絶頂へと向かって走り出していった。

「あっ……」

「……っ……」

目の前で良平が、まるで苦痛に耐えるかのように眉を顰《ひそ》め、奥歯を噛《か》み締めている。唇の間から漏れる抑えた声が俺をこれ以上ないほどに昂《たか》め、良平が一段と激しく俺を扱き上げてきたのに、ついに耐え切れず俺は達し、彼の手の中に白濁した液を飛ばしてしまった。

「あぁっ……」

「くっ……」

大きく背を仰《の》け反《ぞ》らせ、喘いだ俺の目の前で、良平もまた微《かす》かに声を漏らし、俺の手の中で達した。

「…………」

「…………」

はあはあと互いに息を乱しながら、目を見交わし、なんとなく二人照れたように微笑み合う。

「……なんや、えらい興奮したわ」

「俺も……」

互いの雄はまだ互いの手の中にあったのだけれど、どくん、と俺の雄が彼の手の中で脈打ったとき、良平の雄も俺の手の中でドクドクと力強く脈打ち始めた。

「……想いはひとつ、言うことやろか」

次いこか、と、良平がにこ、と笑って俺の雄をぎゅっと握り締める。

「……そうだね」

俺も良平の雄を握り締め、俺たちはまた目を見交わし微笑みあった。

想いはひとつ——照れくささから、つい行為に紛らわせたふざけた調子になってしまったけれど、互いの想いがひとつであることがどれだけ互いを幸せにしているかを思うと、なんだか胸が熱くなる。

抱き合いたいと思う想いもひとつなら、同じように相手に嫉妬を覚えるのもきっと、互いを想い合う気持ちの大きさが同じだからに違いない。

同じようなことを思い悩み、同じように自己嫌悪に陥って、それを告げ合うことで愛し合ってることを実感し、同じように幸せな気分に満たされる。

「……ほんま、愛してるよ」

良平が俺を離して両脚を抱え上げ、ゆっくりと覆い被さってくる。

「俺も……愛してる」

彼の猛《たけ》る雄を受け入れながら、良平の背を両手両脚でぐっと抱き寄せたとき、互いの胸を行き交う欲情に燃え盛る身体《からだ》以上の熱い想いを、確かに俺は感じていた。

おまけ漫画
陸裕千景子
Rikuyu Chikak
ガラッ
めし
らっしゃーい
あ
サメちゃんもここで昼飯？
おう
なんや久しぶりやね
ここんとこ大きなヤマも無かったからなあ

僕も カツ丼ひとつ
ああ そういやミトモが寂しがってたぜ
ミトモさんが？
ハァ
警視のあのキュッと上がった可愛いお尻……
もうずい分と拝んでないわ
たまには顔見せてって言っといてよ
あの美尻が恋しいわ〜
お前が見たいのは顔なのか尻なのかどっちだよ
両方よっ
あ〜あのお尻を枕にしてうたた寝した〜い
ヘンタイが…
一言一句違えずに伝えといてやるよ
…ってことで伝えたからな
おまちどう
僕の尻は硬いだけやと思うけど…
モテる男は辛いよな

まーお前が人タラシなのは今更だけどよ
タラシて
あっ そのタラシが通用しないのが一人いたよな
え
海堂警部だよ
確か例の事件の最終日にお前会議室に呼び出されてたよな
あなたが好きです
受け入れてはもらえませんか
おまえ目のカタキにされてるもな
どんな嫌味言われたんだよ
…嫌味やったらどんなに良かったか……
あ？

ほな
また
じゃな
うわーん
風船か
僕が取りましょう
そんな…危ないですから
大丈夫大丈夫
木登りなんていつ以来やろ？

もうちょい…っ
ぐっ
！
下から支えましょう
いや お気遣いは有難いですがそちらが危ないですさかい…
か
か
かか海堂さん…っ!!
高梨警視よそ見は危険です
ハハハイッ

ハイ どうぞ
ありがとう!
わぁ…本当に ありがとう ござ…
いやだ お顔 真っ青 ですよ?
お気遣い無く
バイバーイ
今日は いったい…?
……
ハハ どうも…
お久しぶり です
公休です
私用があって この近くまで来たのですが まさか警視…高梨さんに 会えるとは

運命……でしょうか
奇遇ですな！
世の中の99%は偶然で出来てますから
まったくの偶然！
偶然です!!
では今日はその残りの1%の必然では？
ますます今日会えたことに縁を感じますね
しかし残念ながら今日は時間が…
そっ そら急いだ方がよろしいわ
ささっ!
どうぞお気をつけて！

ではまた
………
今日は厄日やろか…
ヨレ…
コンコン
cofee shop
富岡くん!

いや〜〜〜
奇遇ですねえ
今日は
奇遇の大安売り
やな
はい？
もう昼休み
終わる頃やろ
のんびりしてて
ええの？
…だって今日は
田宮さんがいないん
ですもん
現場に行ってて
だからアランが
いつも以上に
しつこくて…
君がOKするまで
手は出さんて
協定結んだんやから
差し迫った危険は
ないやん
あんな口約束
簡単に信じるなんて
無理ですよ!!

社内に隠しカメラや盗聴器まで仕掛ける男ですよ!?
ねっ ねっ
あっ そうだ あいつ トイレにまで カメラを…
これって犯罪ですよね？
捕まえられません？
無理やな
…良平
冷たい…
良平言うな
前はあんなに優しかったのに!!
気のせいや
……何か変だな
やっぱり良平隠し事してるでしょ…
ギク
だから良平て…
水臭いな僕に話してくださいよ！
さあ！どんな秘密があるんです!?
弱みをにぎり隊
み…水臭いもなにも赤の他人やし

つめた…っ!
良平
冷たい!!
僕らの関係って
そんなものじゃ
ないでしょ!!
どんな関係
やねん
ゲイだわ…
ゲイカップルの
痴話げんか
だわ…
はぁ…
今日は
なんちゅう
一日や…
ブブブ…
ごろちゃんから
メール…

ガチャッ
バタバタ
ごろちゃんっ!!
あ
お帰り
何で?
今日は遅《おそ》なるて
思てたわ
そのつもり
だったんだけど
予定が変わって…
ん
おかえりのチュウ
メシできてるけど
先に風呂にする?
ごろちゃんを
食べたい♡
オヤジか!
オヤジやもん
あっ
勝手に
ボタンを…
ちょっ
プチ
プチ

ビク
あっ
…っ
んんっ
じわ…っ
……く
や…
なんで
そこばっかり…っ
他にも
してほしい？
オヤジ…！
あっ

辛抱できんでごめんなさい
嫌がってるのに押し倒して最後までいたしちゃってごめんなさ
もういいよ
怒ってるんじゃなくて…その…
今日は久々にゆっくりできるんだからそんな焦って急がなくても…
…俺だって
良平と抱き合う時間を大事にしたいんだよ
ごろちゃん…

はっ
良平？
もう怒ってないってば
いい加減顔上げろよ
…せやかて
そないな悩殺ショット見せられるとまたムラムラと…
ごめんごめんなさい
誰のせいだよっ

…ごろう
吾郎
兄さん！
田宮
里見！

なんだよ二人とも
なんだか…
ずい分会ってなかった気がするけど
変だな何でだろう？
俺
俺話したいことがいっぱいあるんだよ
何から話そう？
そうだあのさ

……あ
グス
ごめん
起こした？
…ごろちゃん
怖い夢でも
見たん？
…いや
もう会えない人の
夢だよ

会えんけど
ここに
おるんやな
ポスッ
！
おーい！
ごろちゃんのことは
僕が幸せに
しますさかい！

安心して
そこで
見守っててください
あ
エッチの時は
見守らんでいいです…
ぐい
…
あのっ
俺も
幸せに
しますから！
ごろちゃん？
あ
俺も
親父さんに
挨拶を…

くるしい!
ごろちゃん♡
おっ
田宮さんからメールきてた
田宮って東京の?
お前らそないに親しかったか?
へへ最近なったんですわ
ほぉ〜〜〜
母親を
探すの手伝うて言うてくれましてん

…それは一歩前進やな
いやあ
探す手がかり少なすぎて前進できるか分からんけど
アホお前のことや
へ？
バシッ
人は人で変わるっちゅうこっちゃ！
いでっ
い～～…
『追伸――』
『高梨警視が小池さんに悪いことをしたと言っていたのですが…』
ん？
…悪いこと？俺に？？
お前警視と何かあったんか？

あの日は特に何も…
寝違えて背中痛めたことくらいかなあ
?
お前 鈍いとこあるからなー
@mayumin
フォロー
イケメンカップルの痴話喧嘩なう♡

ふー…。
今日は素晴らしい一日だった…
次高梨さんにお会いできるのはいつになるのか…
…そうだ 本庁の道場で一戦手合わせ願うというのはどうだろう
剣道…いや柔道だ
柔道で接近戦…密着…
寝技
寝技
おわり

あとがき

はじめまして&こんにちは。愁堂れなです。

この度は四十一冊目のルチル文庫となりました『罪な輪郭』をお手に取ってくださり、本当にどうもありがとうございました。

罪シリーズもめでたく十四冊目、そして十周年を迎えることができました。これもいつも応援してくださる皆様のおかげです。本当にどうもありがとうございます。

サイトで掲載していた『罪なくちづけ』(『見果てぬ夢』から改題)を、アイノベルズの担当様がノベルズにしたいとお声をかけてくださったのがデビューのきっかけでした。

レーベルの倒産後、大変ありがたいことにルチル文庫の担当様が是非ウチで、とお声をかけてくださり、こうして十年間、シリーズを続けてくることができました。

改めましてデビューのきっかけを与えてくださいましたアイノベルズのK様とその後ご担当くださいましたK様に、そしてルチル文庫のO様に、心より御礼申し上げます。

シリーズをこうも長く続けてこられましたのも、読者様、担当様、そして陸裕千景子先生のおかげです。陸裕先生、本当にいつもありがとうございます!

デビューの際、初めていただいたキャララフに狂喜乱舞したのはもう十年前になりますが、あの嬉しさは昨日のことのように思い出されます。

十年間、シリーズをご一緒できて本当に幸せです！　これからも頑張りますので、どうぞ末永く宜しくお願い申し上げます。

今回は十周年記念本ということで、今まで登場したキャラクターを再登場させた中短編集を書かせていただきました。

『十三回忌』はごろちゃんの家族についてのお話ですが、お母さんがなぜゲイ嫌いなのか、その秘密は『罪な愛情』に出てきます。

『愛あればこそ』のタイトルはベルばらの主題歌からお借りしました。

トミーに片思いのアランは『罪な片恋』が初登場です。良平の受難もここからスタートとなりました。

『家族の絆』は良平の家族のお話ですが、お姉さんたちの初登場は『罪な告白』です。同書収録の陸裕先生の描き下ろしコミック（二十四ページ）にも二人とも登場しています。

また小池刑事は『罪な回想』に出てきますので、よろしかったらチェックしてみてくださいね。

『三者三様』はトミーとアランのモノローグ。二人ともごろちゃんについて、勝手なことを言ってます（笑）。

そしてサイト掲載作の転載となりました『在りし日』『聖なる夜に』は、シリーズ一作目に登場の里見とごろちゃんのお話です。

ラブラブショートの『想いはひとつ』（同人誌掲載作）を加えた七つのお話しが少しでも皆様に気に入っていただけましたら、これほど嬉しいことはありません。

また、今回十周年記念ということで、陸裕先生が漫画を二十四ページも描き下ろしてくださっています！

毎回巻末に収録されているおまけ漫画も、ストーリーはすべて陸裕先生が考えてくださっているのですが、今回の描き下ろしも陸裕先生オリジナルです。

もうもう‼　素晴らしかったですー‼　二十四ページも読めて本当に幸せです。しかもオールキャスト‼　嬉しすぎるー！　と、皆様以上に私が超超喜んでいます（笑）。

爆笑&しんみり・ほんわか&また爆笑、の素晴らしい漫画を本当にどうもありがとうございました！

十四冊目、そして記念本となりました今回の罪シリーズ、いかがでしたでしょうか。よろしかったらどうぞご感想をお聞かせくださいませ。心よりお待ちしています。

お問い合わせが多い『罪な宿命』『罪な復讐』につきましても、復刊していただける予定となっていますので、今暫くお待ちくださいませ。

次のルチル文庫様でのお仕事は、来月『ＪＫシリーズ』の新作を発行していただける予定です。

今回、麻生さんが活躍？　しています。よろしかったらこちらもどうぞお手に取ってみてくださいね。
また皆様にお目にかかれますことを、切にお祈りしています。

平成二十五年二月吉日

愁堂れな

（公式サイト『シャインズ』http://www.r-shuhdoh.com/）

✦初出　十三回忌……………………………書き下ろし
愛あればこそ…………………………書き下ろし
家族の絆………………………………書き下ろし
三者三様………………………………書き下ろし
在りし日………………………………個人サイト掲載作（2002年12月）
聖なる夜に……………………………個人サイト掲載作（2003年12月）
想いはひとつ…………………………同人誌掲載作（2006年3月）
おまけ漫画……………………………描き下ろし

愁堂れな先生、陸裕千景子先生へのお便り、本作品に関するご意見、ご感想などは
〒151-0051 東京都渋谷区千駄ヶ谷 4-9-7
幻冬舎コミックス　ルチル文庫「罪な輪郭」係まで。

幻冬舎ルチル文庫

罪な輪郭

2013年2月20日　　第1刷発行

✦著者　愁堂れな　しゅうどう れな

✦発行人　伊藤嘉彦

✦発行元　株式会社 幻冬舎コミックス
〒151-0051 東京都渋谷区千駄ヶ谷 4-9-7
電話 03(5411)6432［編集］

✦発売元　株式会社 幻冬舎
〒151-0051 東京都渋谷区千駄ヶ谷 4-9-7
電話 03(5411)6222［営業］
振替 00120-8-767643

✦印刷・製本所　中央精版印刷株式会社

✦検印廃止

ISBN978-4-344-82752-3　C0193　Printed in Japan